宮脇 昭

水俣の海辺に「いのちの森」を

石牟礼道子

藤原書店

水俣の海辺に「いのちの森」を　目次

第I部　最後の希望

3

見えないものを見る
――「潜在自然植生」とは何か――

2

鎮魂への思い——石牟礼文学の根底　119

3

「いのちの森」づくり　153

4

水俣に、森をつくる夢　171

装丁・作間順子

水俣の海辺に「いのちの森」を

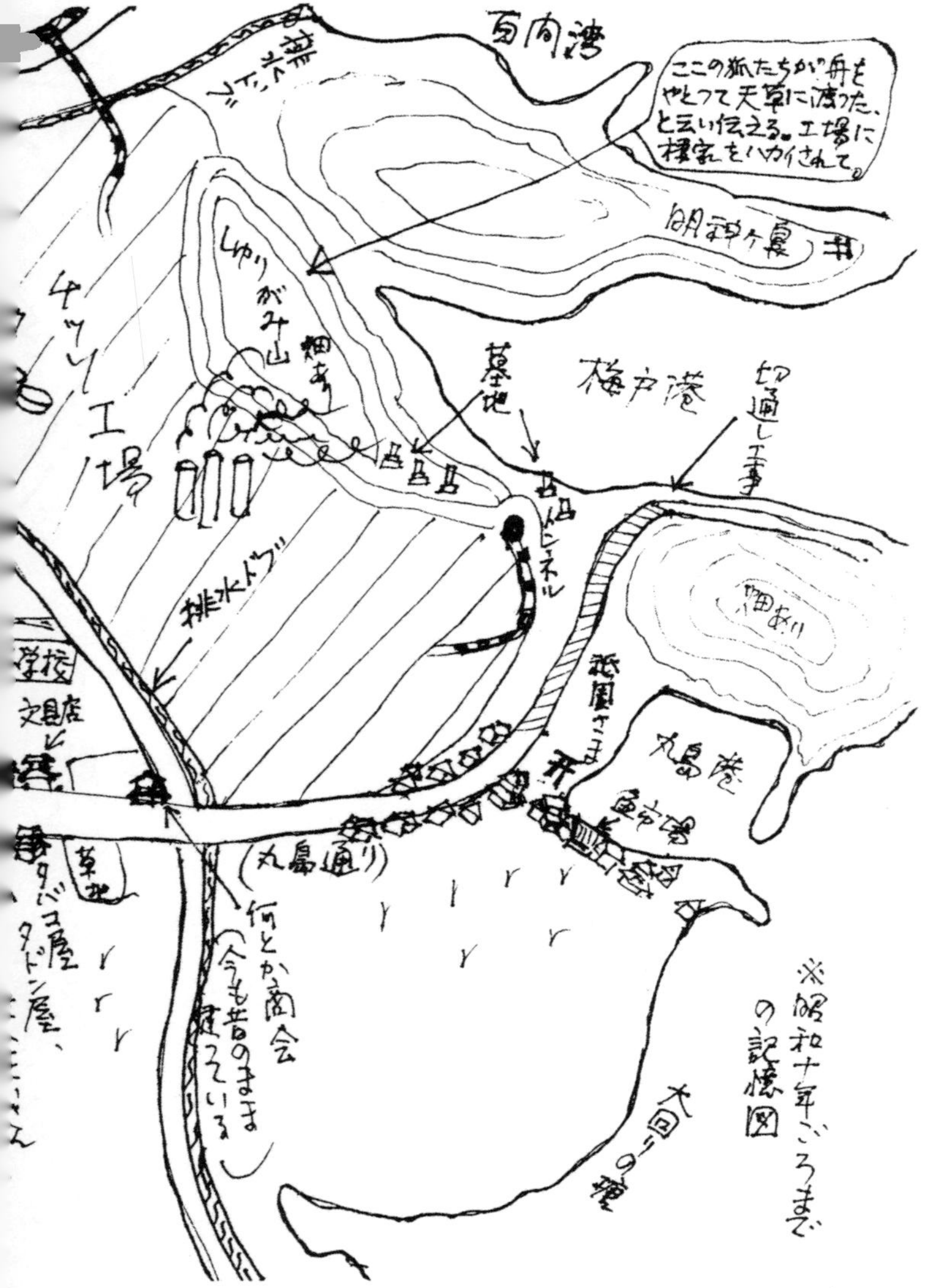

百間湾
ここの狐たちが舟をやとって天草に渡った、と云い伝える。工場に棲家をハカイされて。
明神ヶ鼻
しゅりがみ山
畑あり
墓地
梅戸港
切通し工事
トンネル
チッソ工場
学校
文具店
丸島通り
何とか商会
（今も昔のまま建っている）
祇園さま
丸島港
魚市場
タバコ屋
タドン屋、
大回りの塘
※昭和十年ごろまでの記憶図

石牟礼道子・画

わたしの栄町通り

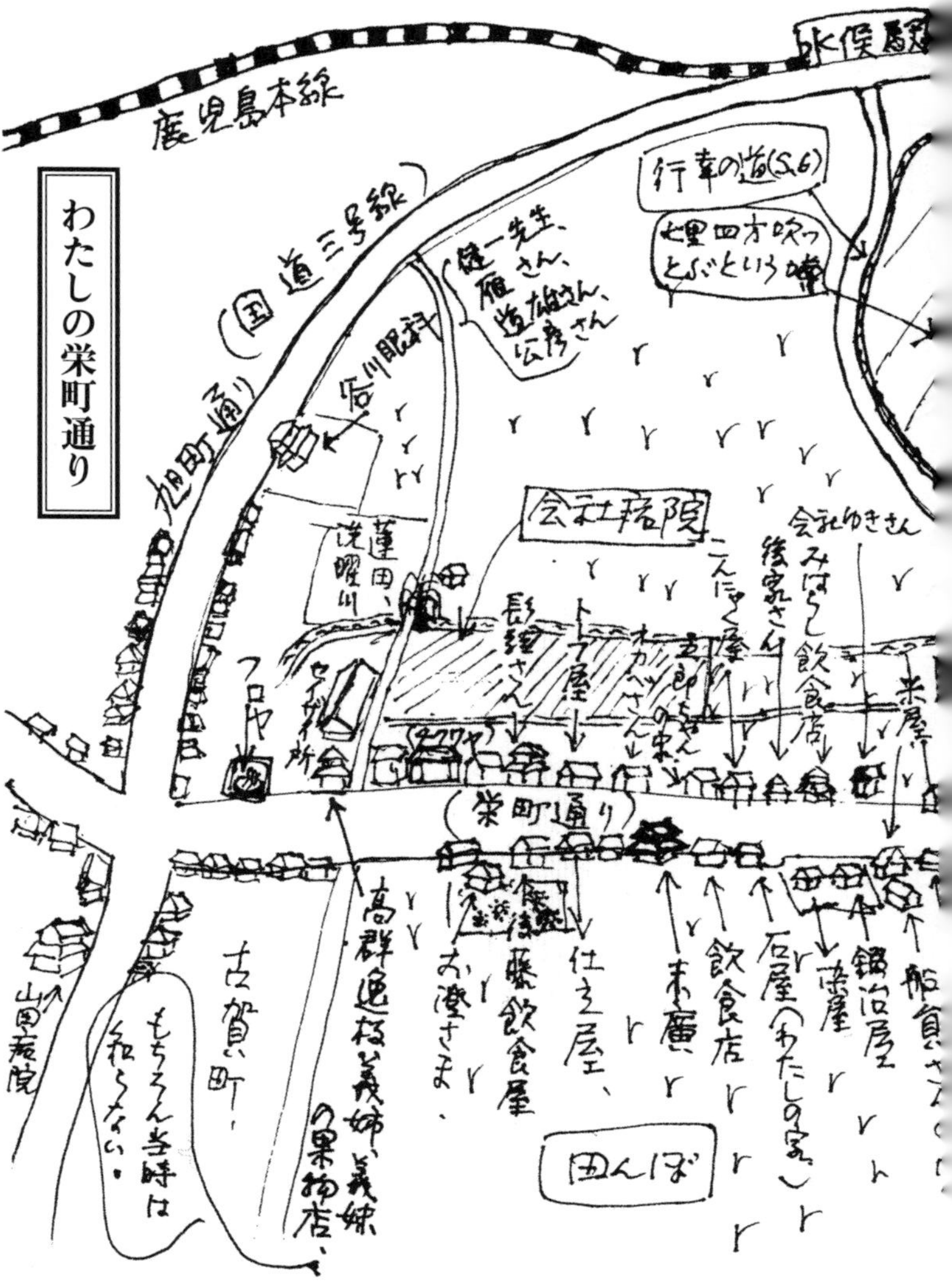
鹿児島本線
水俣駅
国道三号線
旭町通り
行幸の道(S.6)
七里四方吹っとぶという噂
健一先生、雁さん、道雄さん、公彦さん
谷川眼科
蓮田、洗曜川
会社病院
会社ゆきさん
みはらし飲食店
後家さん
こんにゃく屋
五郎ちゃんの家
トーフ屋
フロヤ
米屋
栄町通り
高群逸枝と義姉、義妹の菓子店、
お澄さま、
藤飲食屋
仕立屋、
飲食店
石屋(わたしの家)
薬屋
鍛冶屋さん
船員さん
古賀町
山田病院
もちろん当時は知らない。
田んぼ

水俣周辺地図

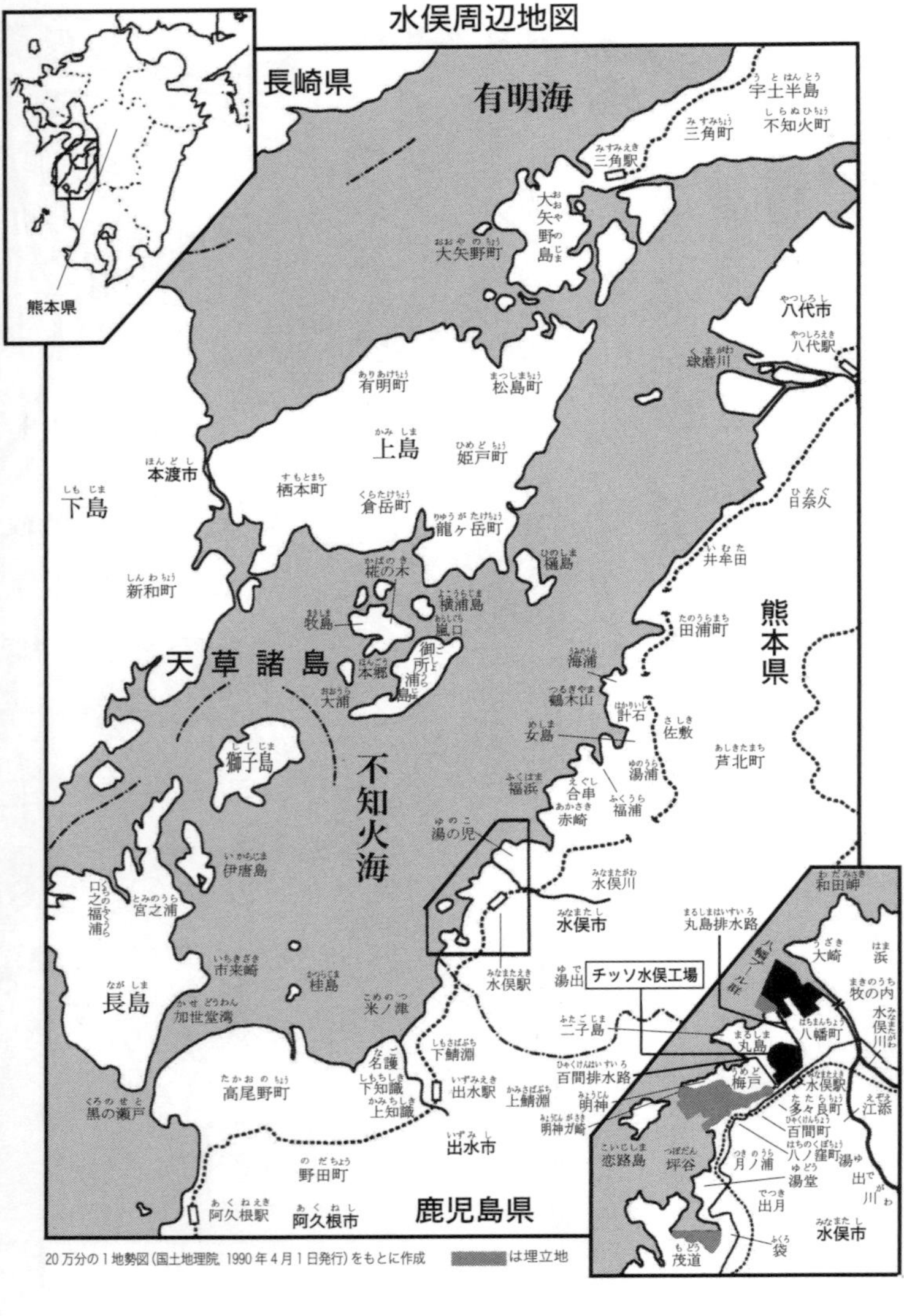

20万分の1地勢図（国土地理院 1990年4月1日発行）をもとに作成　■は埋立地

第Ⅰ部　最後の希望

1

「大廻《うまわ》りの塘《とも》」の再生

――最後の希望――

石牟礼道子

祖父の言――「根石が問題じゃ」

水俣川の上流に湯出《ゆのつる》という所があります。湯出方面には深川とか大窪とかいう村があります。

私の家はチッソの積出港を築港するのを請け負っていたんです。道路工事と河川工事を請け負っていました。祖父の松太郎が「道を造るというのは、世界を造ることだ」と言ってまして。父の亀太郎もそれは賛成。「根《ね》石《いし》が問題じゃ」と言っていました。道を造るときは根石というのを敷かなくてはならない。土台になる石です。それを敷かないと、道というのは壊れるって。

あちこちで大雨が降って土手が決壊したという話があると、夕食の話題はそのことに集中してました。若い者たちがうちには寝泊まりしていましたが、天草からだいたい来るんです。そうした若者たちが五、六人いまして、お客さんとかといっしょに、夕食は大変にぎわっていました。

今、道路公団がお金をごまかすということが、よく話題になりますね。ああいうのは反対。そして「人は一代、名は末代」と。雨が降るとたちまち壊れてしまうような道を造ってはいけないって。二人ともその意見は一致していました。気性は全然ちがいましたけれど。そして吝嗇《りんしょく》を嫌っていました。それで「根石が大事」って、ことばで覚えました。大きくなってから意味を考えるんですけれど。

だけど、採算を度外視して、儲け道がわからん。それであちこちの山を片っ端から売って、湯出と深川のあいだにあった最後の山を、宝物にして取っておいた。そこは石材がたくさんある山だったんです。石材は巨岩ですから、鳥居を造ったりする石材を山で刻んで一本一本船で運ぶ。地上に降ろすときに鳥居の形を造って行くんですって。石積船というのがたくさんあって、それを修繕するのに、船大工さんも毎日来ていたそうです。あっちこっちの山を売って、山を道に食わせてしまうと、そんな話題でした。それでとうとう最後の宝の山、宝河内《ほうがわち》という名前の山を売ったんです。二、三年前、うちが売ったその山が崩落しました。そして十人ばかり亡くなったですよ。そういう家庭でした。

祖父の姉妹たちが、時どき、天草から出てくるんです。それがとても洒落たお被布《ひふ》という、羽織の一種ですけれども、三人ともそれを着て。そしてお互いに「様」をつけて呼んで、妹にも様をつけて呼ぶんです。仏様にお客様からのお供え物があると、姉様たちが妹に、「おすみ様、あんたが先に召しあがれな。仏様からお下げして、おもらい申せ」って言って、ことばがとても雅やかなんです。

その姉妹たちが松太郎の仕事を批評して、「事業道楽」と言っていました。道楽で事業をするって。姉様たちが松太郎を諄々《じゅんじゅん》と諭しなさる。「お前様は儲け道は知らんで、事業に手を出す。道造りは大事かもしれんけれども、本家なのに一族はどがんして養うとかえ」って言って。そうすると、松太郎は名前を汚さんで、「人は一代、名は末代。そういう一生は、道造りの道が教えてくれる」と言っていました。

湯出温泉に行く道は、人の通る道はあったけれど、もとは車の通る道はなかった。それで馬車が通れる道を造ったんです。その後、また広げたと思いますけれどね。それで形見の道が残っている。

その道が、水俣の四つ角というのを通って、横に行く道は、熊本から鹿児島本線の上を水俣駅まで行くけれども、湯出へ行く道を造って、栄町通りを造って、それから築港工事です。チッソの裏山にしゅりがみ山があり、その山の裏には梅戸港という港が今もあります。チッソの製品の積出港です。外国船を入れて、外国に製品を積み出すんです。

山を切開して、切通しを造ったのがとても難工事だったと、母は言っていました。まだ機械のない時代で、全部、人の力で切り拓いた。隣には丸島といって、沿岸の魚市場が今もあるんじゃないですかね。

「大廻《うまわ》りの塘《とも》」のカニ獲り名人

水俣川の河口に、三本、橋がかかっています。その三本目の一番下流の橋を大橋といいます。私の家は上流から見ると河口の右岸にあります。そして対岸に大きく廻った塘《とも》という、土手がありまして、それは栄町通りの裏手にあたるんです。

小さい時、私はたった一人で、栄町から田んぼの中を通って、その塘に遊びに行きよりました。五、六歳だったでしょうか。そうすると長いススキの土手があるんです。そしてその道を通り抜けると、これぐらいばっかりの幅の道、そして萱《かや》が生えているんです。そして椿の木が二本ありました。古い椿の木が、曲がり角みたいなところに。いつでも椿の花が落ちている。

　それから石垣がななめになって穏やかに海に入っていました。いつごろ、その大廻りの塘の土手を造ったのか、明治時代なのか、明治以前に造ったのか、今、調べてもらっています。石垣がずっと続いていますから、裸足で、子どもでも遊べるんです。所どころ、石垣が緩んでいます。ウナギとかカニとかいるんです。それは採りきらんもんですから。

　うちの隣の山川三太という若者は、自分の手をその石垣の穴に入れて、カニに挟ませるんです。そしてそっと引き出して。それでカニ獲り名人の右手がいつも腫れていました。赤《あこ》うなって。私も見ました。

　一番下の大橋ができた時、渡りぞめを見にいったんです。そのころ、その河口からちょっと私の部落の方に水門がありました。それで潮を調整するんです。上げ潮の時は、潮が田んぼの間に入ってくるんです。その入ってくる川を洗濯川といっていました。『タデ子の記』*はお読みでしょう。盗み食いをするようになったので、毎日のように下痢をする。それを母は洗濯川に行って、毎日、文句一ついわずに洗っていました。

そこは潮が上ってくる。だからその水俣川の河口にはチヌがいる、ボラもいる。潮といっしょに上ったり下ったりする。私の方の部落に入江のようなのがあって、山から来る、洗濯川からの水が、上ってくる潮と合流する。そこをチヌとかボラが背びれを立てて、バシャバシャ音を立てて上って、私の家の前まで泳いできていました。それを私の弟たちや村の子どもたちがよろこんで捕まえていました。

＊「タデ子の記」一九四六年執筆『石牟礼道子全集 不知火』第一巻、藤原書店所収

「奇病」の発生

いよいよ渡りぞめがはじまるというので、あっちの岸辺にも、渡りぞめを見物しようと思って来とんなさる。渡りぞめがはじまりました。そして真ん中まで行かないうちに、向こうからも渡って来なさる、新しい橋の上を。そうしたら、「あれ、あれ、あれ」とおっしゃるんです、向こうから来る人たちが。それで私もこっちの村人たちといっしょに渡って行きよったら、指さして、「あれ、あれ、あれ」って。大潮の時刻で、河口の水が深くなっているんです。チッソが八幡プールというのを造っていました。ひょいと見たら、たくさんの魚たちがでんぐり返ってるんです。かってないことが起きたんです。排水口の側から層をなして。魚というのは上から見ると、腹は見えないです、背中ばっかりしか。それが腹が見える。それに気を取られて、渡りぞめは吹っ飛んでしまいました。

そのころ、海岸べたは異臭がするってみんな言っていましたね。それから八幡プールができてから、河口から右手の津奈木方面に奇病が発生したんです。貝たちが死んでいく、水鳥たちもたくさん死んでいきました。まだ「奇病」といっていました。息子が五年生から結核を発病して、市立病院に行きよったです。入院してました。それで一年落第させると学校からいうてきたんです。そしたら泣いて、落第したくないって（笑）。

そのころ、結核病棟の隣に建物ができたんです。なんの病棟じゃろうかといったら、奇病病棟だって。息子といっしょに五、六人、子どもたちがいましたけれど、結核で全部死んでしまって、息子だけが生き残った。そうしたら奇病病棟の屋上が運動場のようになっていたんですって。そこを顔や頭に包帯した男の人が、ゆっくりゆっくり傾きながら歩いておられる。その方は、チッソの硝酸係に勤めていらして、誤って頭から硝酸を被って大火傷をなさった。頭も顔もケロイド状になられたので勤めをやめて、釣り船を買って海にばかり行かれるうちに奇病になられたという噂でした。

広大な八幡プールの跡地

それで大廻りの塘ですけれど、「なごりが原」と名前をつけます。石垣も造り直して。

今、チッソの汚水でできた八幡プールは、『苦海浄土』（講談社版、一九六九年）の表紙にありますように、地面が固まって干割れています。そこはなぜか見落とされている、ジャーナリズムからも。ちょうど八幡プールができたときに、橋のたもとには舟津の港の入江があって、釣り船がつながれていました。漁港なんです。

そのあたりのことを、うちは村の集会所になっていましたから、お年寄りたちが来て話される。隣のおじさんは、狐の話が出ると、「舟津あたりの狐は舟津弁ば使うとばい。顔見ればわかる、どこの部落の狐か。猿郷の狐は猫んごたる」って。猿郷はうちの部落ですけれど、「猿郷のあんた家《げ》の後ろは狐の山やった。猫んごたる顔しとったけん、わしが見ればどこん狐かわかる」っておっしゃっていました。それで私は狐にあこがれたんです。

八幡プールの跡は、最初のころ、膨大な水銀ならびにマンガンとか、セレンとか、タリウムとか、熊大の研究班から説が出ました。それらはふつうの生活の場にないですよね。そういうのも複合汚染です。

それで埋め立てて、その上にチッソの職員住宅がしばらくできていましたけれど、チッソは逃げ出しにかかっていますから、八幡プールの跡を遺産として残していくんです。広大な敷地です。どのぐらいあるか、実測してみればわかるでしょうけれどね。土手を石垣から造り変えて、もとの大廻りの塘を造りたいと思っています。

そして塩田と言っていました。塩の田んぼ。その土手にくっついてうちの畑がありました。そうすると、あっちこっちに潮の入口を造ってあるんです。塩の出入りする入江を。そこに春は青ノリが生えていて。うちの叔母は、美人でしたけれどね。ボラを獲ってきよりました。「どげんして獲ったと、網も持たんとに」。釣ったわけじゃなかった。「青ノリを集めて待っとればボラが来る」って言いよりましたね。背びれを立ててボラが来るのを、直接つかまえるとあぶないから、青ノリを集めて、ボラをつかんできたと言って。そして畑に行っても、塩田はようできんて。とくに穀物にはようなかった。だけど、大根や菜っ葉ぐらいは植えられる。塩が来る田んぼ、畑だったんです。

それで土手がずっとあるんです。土手は潮止めの役目をするんです。そこにはアコウという巨木があって、潮を吸って育つんです。その木の根っこが土手に張っていって頑丈な土手ができていました。高潮の時は三メートルぐらい潮の高さがちがうんです。それで土手道を……。水俣病の報道の時、大砲の弾の筒口みたいな排水口がよく出ます。そして地面も干割れてる、映像で。その厚さはどのくらいかな。最初はどぶどぶ、幅広く流してましたけれど、その土手を越えて……。そして大橋ができた後は、チッソも気づいていたと思うんですけどね、魚たちがでんぐり返っていました。たちまち津奈木の方面に奇病が出ました。

津奈木から遡って比奈久あたりまで、患者が出ました。それで川の水に沿って汚泥を連れていくんです、右側の部落に。それで石垣も、今は土手が自然に固まって、汚泥のプールが自然に固まってゆくまでに、何年かかったでしょうか。とくに海岸線が臭くなったんです。水を汚して、カラスも落ちて、ずっと臭くなった。

「なごりが原」——狂言と村おこし

それで「なごりが原」とつけようかと思って。その水銀の跡のひろっぱには、どっかの山から土をもらってきて。八幡プールの跡の残渣を持っていって棄てるところがないでしょう。土掘りして、そこに萱とか、萩とか、彼岸花とか、南九州の山野の草をいっぱい生やして、広い原っぱを造ろうかと思っています。そこには狐も兎も、共食いしない種族の動物を連れてきて追い放つ。そして狐の棲みやすそうな洞穴も造ってあげて、遊ばせる。ここに野外劇場を造ればいいなと思います。

「なごりが原」という狂言を書いているんです。それは狐が人間に化けてみたけれども、どうもおもしろうないって。とくに人間のいう「業《ごう》」というのがわからん。それでもとの狐にかえりたいと思うけれども、かえれないんです。人間のままでおらにゃならん。業というのがわからんというところで、その狂言は終わるんです。

それを演じる役者はたくさんいるんです、芸達者がいるんです、山奥に。お得意の芸をやってもらって、観光客というのは、言い方に抵抗があるんですけれど、日本にない名所を造ろうと思って、村おこしです。失業者がうようよしていますもの、水俣に。チッソが逃げ出せば、いよいよ……。

一時は五千人おったんです、チッソに行ってる人たちは。当時の水俣市の人口は二、三万です。

村おこしという名目を立てて、スタッフを作って。水俣にあこがれて来る、それで水俣に住みついている若者たちがいます。その中に紙すきをしている若者がいます。

彼に頼んで、若者たちを集めて、スタッフを作って、市民たちにも呼びかけて村おこしをしようと思いつきました。芸達者たちが舞台に上れば、素人なりにおもしろいんです。杉本栄子さん夫妻の長男の肇ちゃんというのは、大変美男ですけど、「やぅちブラザーズ」というのを作っている。「やうち」というのは親類という意味です。にわかをやって、大喝采。こがんとこはこうやって、塗りつけて、前には太鼓を抱えて、素っ裸で出てきて、太鼓を叩きながらおもしろいことをいうんですよ、水俣弁で。下ダネから取っている。お客様は大よろこび。東京にも行って公演してきたって。それで全国にない村おこしができたらいいなと思っています。

「なごりが原」という名前をつけようと思って。何の名残りかと言えば、水俣病から立ち直るために、九重連山に「泣きなが原」というのがありまする。それにちなんで「なごりが原」とつけようかと思って。それで有料で来てもらう。そうすると村おこしになりますね。市当局にも申し込む。市民にも呼びかける。そういうことを考えています。どう思われますか。私は最後まで見届けるには命がたりませんが、そんな想像をしております。

新しい「大廻りの塘」の歴史を

私は大廻りの塘で遊んでいましたもの、一人で。そして狐にならんかなと思って。子どもなりに呪文を唱えて。大廻りの塘に誰も通らん。晩になれば狐が通るかもしれんと思いながら。

昔は椿の木が生えておりました。岸辺には木を植えたいと思う。ここからスタートして、歴史ができていきますね、また新しい大廻りの塘の歴史が。宮脇（昭）先生の話を聞いて、すぐ思いました。ほんとにたまがるですね。そういう人がこの世にいらっしゃったんですね。私の仕事を支えている友人がインターネットで見たんですけれど、五十代といっても疑わないぐらいの目力と、顔のはり、あの姿勢、あの目は菩薩様の目みたいな視線だと言ってます。

東北の地震の後も、身内を失った人たちは、亡き人を偲ぶのに、その人だと思って家の周りに木を植えていく。木を植えると、木と交流ができます。大廻りの塘からの村おこしは、まず目で見て、よかなと思わないと。通ってみてよかなと思わないと。（談）

＊二〇一四年四月二十日　於：熊本託麻台リハビリテーション病院
『環』五八号、藤原書店、二〇一四年夏、より転載

2

日本人と鎮守の森

——東日本大震災後の防潮堤林について——

宮脇 昭

＊本論稿は、二〇一二年七月五日、皇居で一五時〜一六時五分まで、天皇皇后両陛下にご進講された内容である。

文明、科学・技術と自然災害

人類は、地球上に出現して五〇〇万年と言われていますが、そのほとんどを森の中で生活していました。太古の昔から豊かな恵みの森は人類の生存・生活の基盤でした。人類は二足歩行をし、両手を自由に使って、最初は土や石、次いで銅や鉄を使って道具を作り、やがて文明をつくりあげました。他の動物たちとは比べものにならないほど大脳皮質が発達したため、記憶し、思考し、知識を蓄積して、ものを総合的に考えることができました。そして科学・技術を目覚ましく発達させましたが、それに伴い自然の森を破壊・消滅させていきました。

現在では原子力まで利用して、地域差はあるものの、先達が夢にもみなかったほど便利で豊かな、物や食べ物、エネルギーがあふれた生活を、私たちは手に入れています。いわば今、人類は最高の条件下にいます。

この最新の科学・技術を駆使して、自然災害に対する予測や対策も十分行われていたはずです。かつて幾度となく津波の被害に見舞われている釜石では、世界最大の水深（六三m）を誇るコンクリートの防波堤（全長二km、海面からの高さ八m、幅二〇m）も完成していました。しかし先年（二〇一一年）三月十一日、東日本大震災に伴う予測を越えた大津波に耐えきれず、破壊されてしまいました。千年に一度といわれる大震災によって、二万人近い方々のいのちが一瞬にして奪われています。

人間の力の到底及ばない自然の脅威を今さらのように感じ、最も大事なものはいのちであるということに改めて気付かされた今日この頃です。

森の機能と鎮守の森

およそ四十億年前に地球に誕生した原始のいのちが、よくも切れずに今日までつながり、今私たちは、長いいのちの歴史を未来に伝える一里塚としてこの時を生かされています。かけがえのない私たちの遺伝子DNAを未来につなぐ緑の褥《しとね》が、土地本来の〝ふるさとの木によるふるさとの森〟です。

ふるさとの森は、高木層、亜高木層、低木層、草本層からなる多層群落の森で、緑の表面積は単層群落の芝生などの三〇倍あります。緑の植物は、地球の生態系の中で唯一の生産者であり、緑が濃縮している土地本来の森は、消費者である人間をはじめとするすべての動物の生存の基盤となっています。また、深根性・直根性の常緑広葉樹からなる森は、多彩な環境保

静岡市内の神社の鎮守の森

全、災害防止の機能を有し、生物多様性を維持し、炭素を吸収・固定して地球温暖化抑制の働きもしています。

しかし土地本来の森は、世界的には、何百年にもわたる家畜の林内過放牧によって破壊され、また都市化や農地化によって激減しています。日本人も集落や町、農耕地をつくるために森を伐採しましたが、一方では世界で唯一、新しい集落、町づくりの際には必ず、ふるさとの木によるふるさとの森――鎮守の森――を残し、守り、つくってきました。しかしこの鎮守の森も、近年減少の一途をたどっています。神奈川県を例にとれば、二八五〇あった鎮守の森（社寺林）が、現在ではわずか四〇しか残っていません（宮脇、藤間、鈴木他「神奈川県社寺林調査報告書」一九七九）。

災害に弱いマツ類、強いシイ、タブノキ、カシ類

大震災の直後から、私たちは被災地の現地植生調査を続けています。海岸沿いに植えられていたマツの単植林は仙台平野などではほとんど根こそぎ倒され、それが二次、三次の津波に数百メートルも流されて、家や車に大きな被害を与えました。ところが、南三陸町や大槌町などの鎮守の森はしっかりと残っています。急斜面に生えている土地本来の樹種であるタブノキ、ヤブツバキ、マサキなども、斜面の土砂が津波に洗われて太い直根

根は露出しているものの、しっかりと立っているタブノキ
（宮城県南三陸町）

マツの単植林は、根こそぎ倒された（仙台平野）

や根群が露出していますが、倒れずに津波を抑えています。

新日本製鐵の釜石製鉄所には、私が協力して、三十年前にタブノキ、シラカシなどをエコロジカルな方法で植えてつくった森があります。海岸沿いの樹林は港をつくる際に整理されましたが、後背地の樹高一〇m以上に生長しているシラカシは、林内の幼木やヤブツバキ、マサキ、ネズミモチなどとともに、地震後も残っていました。本物とは、厳しい環境に耐えて長持ちするものです。

九千年続くいのちの森を

日本は自然豊かな美しい国です。同時に、大地震、大火事、大津波、台風、洪水など、自然災害も極めて多い。大事なこと、今すぐやらなければならないことは、一億二千万余の国民のいのちと国土を守るために、危機

海岸沿いでも、土地本来のタブノキはしっかりと根をはっている

をチャンスとして、次の氷河期が来ると予測される九千年先までもつ、いのちを守る森をつくることであると確信しています。

ハードな施設づくりも大事ですが、同時に、日本人が四千年来新しい集落、町づくりの際に行ってきた鎮守の森づくりの伝統的な知見と、まだ不十分ですがいのちと環境の総合科学、エコロジー（植物生態学・植生学・植物社会学）の研究・成果を踏まえて、あらゆる自然災害に耐える本物の森、二十一世紀の鎮守の森をつくることが重要です。私たちは、今すぐできるところからこのエコロジカルな森づくりを行いたいと、各分野の方々に提言し、協力を求めています。

海岸沿いで被害を受けたのだから町を高台に移転するべき、などと言われています。しかし人類文明の歴史を見れば、メソポタミアもエジプトもギリシャも、そして現在でも、ロンドン、ニューヨーク、ボストン、東京、横浜、名古屋、大阪、福岡など大都市をはじめ、中小都市も多くが海岸・河川沿いに位置しています。海岸沿い、河川沿いは、生態学的に最も豊かで住みやすいところです。山の迫った日本で、一時的に高台に移転しても、十年、二十年経ったら、一人下り、二人下りして、三十年経つと商店や学校、会社、病院などみんなまた海沿いに戻ってくるでしょう。今まで何世代にもわたって住んでいたところが一番住みよいのです。そこで何があっても生き延びることが大事です。

物理学者寺田寅彦（一八七八―一九三五）が言っているように、災害は忘れたころに必ずやってきます。市民のいのちを守る森づくりを、今すぐできるところから進めていきたいと願っています。

ガレキの多くは地球資源

大震災で生じたガレキの処理に、政府も地方も困っています。このガレキは使えます。もちろん毒は排除しなければなりませんが、使えるものは使う。私たちが現地調査したところ、ガレキの九〇%以上は木質ガレキや家屋の土台のコンクリート片などです。それには、何世代もそこで生まれ育ち生活していた人びとの歴史や思い出、亡くなった方々の生きていた証の品々が混じっているかもしれません。人びとの想いがつまっているガレキを日本中に無理やり配って焼却が進められています。木質資源の五〇%は炭素ですから、焼けばCO_2が発生し、地球温暖化を促進する危険性があります。

私はガレキを活かした森づくりを提言しています。被災地の海岸沿いに穴を掘り、そこにガレキを土と混ぜて入れて、できるだけ高いマウンド（丘）を造り、その上に土地本来の樹種の幼苗を植えて、被災した人たちの希望の森、亡くなった方々のための鎮魂の森、いのちを守る二十一世紀の鎮守の森をつくるのです。ガレキを土と混ぜると通気性のよいマウンドができ、根も呼吸していますから、樹木は健全に育ちます。

国交省ＯＢの方の計算では、幅一〇〇ｍ、高さ二二ｍのマウンドを被災地南北三〇〇キロの海岸沿いにガレキのすべてを土に混ぜてつくるとすれば、ガレキはそのマウンドの総土量のわずか四・八％にしかならないようです。

毒は排除しなければいけません。それは当然です。しかし、今家庭の台所から出る生ごみなどまですべて一般廃棄物として画一的に焼却処理を義

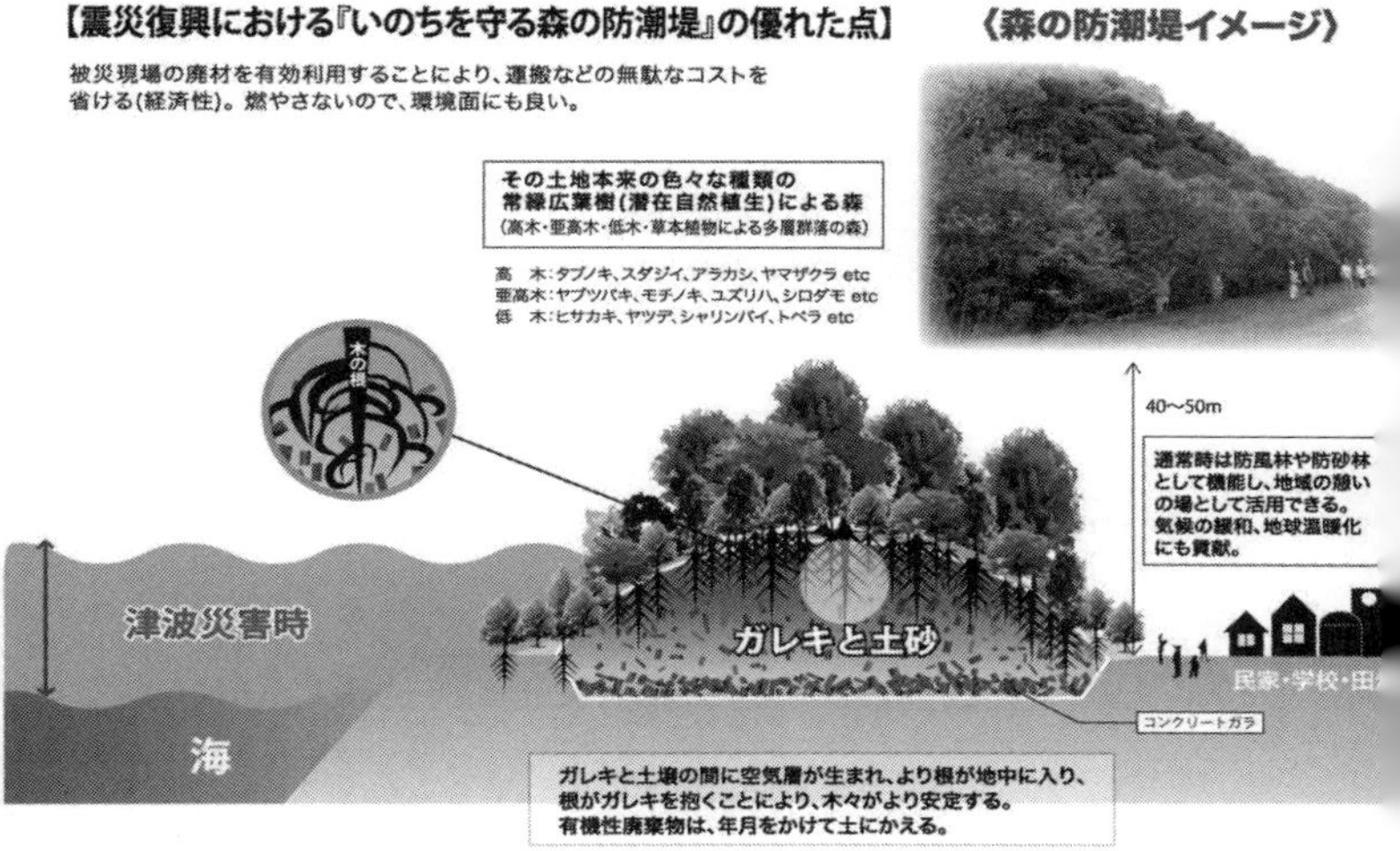

いのちを守る、震災ガレキを活かした 300km の「森の防潮堤」構想

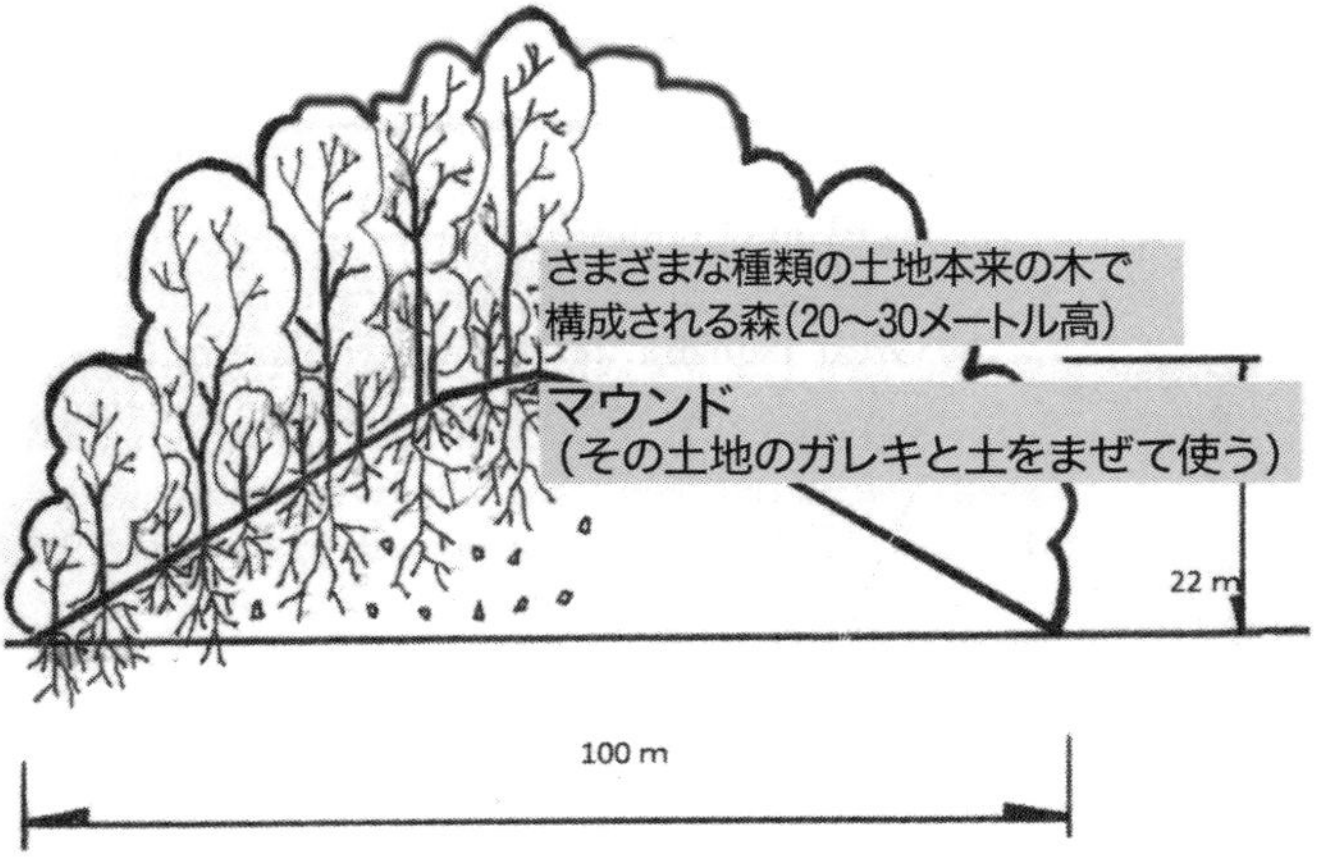

森の防潮堤の部分図
（上下ともに Miyawaki, A. 2014: Phytocenologia 44(3-4)p.242-243 から引用）

務づけた法律は、昭和四十六年、ＤＤＴなど毒性の強い農薬の垂れ流しなどでドジョウやメダカ、タニシなどがいなくなったころに作られたものです。現在私たちが使っている家具や柱などは、すべてを焼却しなければならないのでしょうか。今後は、できるだけ地球資源として森づくりのマウンド形成などに使わせていただきたいと願っています。

国家プロジェクト・全国民運動として

幸いにも、以前熊本県で一緒に森づくりを進めた細川護熙元総理も、ガレキを活かした森づくりに積極的に協力してくださっています。私たちは野田総理大臣・平野復興大臣・細野環境大臣（いずれも当時）などにも直接会ってお願いしました。みなさん熱心に聞いてはくれましたが、行政的なシステムが巨大すぎるからか、なかなかことが進まない。その間に、貴重な地球資源であるガレキがどんどん焼却されていきます。ぜひ今すぐ、震災ガレキといわれる地球資源を積極的に使い切って、土と混ぜながらほっこらとしたマウンドをつくり、森づくりを進めたい。

植物の生長に欠かせない酸素が土中に十分含まれるようにするために、ガレキを入れることは有効です。高価な成木は植えない。確実に生長する土地本来の潜在自然植生の主木群、鎮守の森に生き残ってきた常緑広葉樹の高さ三〇cmほどの幼苗を、自然の森の掟にしたがって混植・密植します。

大事なことは樹種の選択です。マツも大事ですが、マツだけを植える単植林は災害防止の機能は弱い。植物の進化から言えば、今から三億年前は、植物は、化石燃料といわれる石炭・石油の元となったシダ植物の全盛時代でした。そのあと植物はゆっくりと進化して、裸子植物のソテツ、イチョウや、スギ、ヒノキ、マツなどの針葉樹の時代となり、現在は被子植物の時代です。樹木でいうと、太平洋岸側では釜石、大槌町の北までは、葉が広く常緑で、根は深根性・直根性の照葉樹（常緑広葉樹）です。一九七六年の酒田の大火事の際に火を止めたというタブノキをはじめ、アカガシ、ウラジロガシ、シラカシ、ヤブツバキ、シロダモなど、さらに南に行くとスダジイなどが土地本来の森の主な構成樹種群です。

この主木群を中心に、それを支えるいずれも常緑広葉樹のヤブツバキ、モチノキ、ネズミモチ、ヤマモモ、カクレミノなどの亜高木、低木のアオキ、ヤツデ、ヒサカキなどできるだけ多くの種群を選択します。そして根群が容器内に充満するまで半年か一年かけてこれらのポット菌を育苗し、自然の森の掟にしたがって混植・密植します。三年経てば管理費が要りません。あとは自然淘汰にまかせれば、十年で十m、二十年で二十m近くに生長し、いのちを守る防災・環境保全林になります。

南北三百キロ、幅百mのマウンドに平米三本の割で根群の充満したポット苗を植えて森をつくるとすれば、私たちの計算では、ポット苗は九千万

山形県酒田の大火事を止めた、本間家のタブノキ

本必要です。一度にはできません。

私たちはできるところから始めようと、大槌町や仙台平野の岩沼市などで、先見性と決断力をもった首長のもと試験植樹という形で植樹祭を行いました。全国から集まったボランティアの人たちや細川元総理たちと共に植えた苗はしっかりと根づいています。

鎮魂と希望の〝平成の森〟を世界に

このいのちの森づくりは、資源の少ない日本が、そのプロセスと成果を世界に発信することのできる未来志向のプロジェクトです。南北三百キロの森の長城は、地域の人たちのいのちを守る森、訪れる人たちに学びと癒しを与える森、緑豊かな地域景観の主役となり、地域経済とも共生する森、九千年残る本物の森です。このような〝平成の森の長城〟をみんなでつくっていきたいと願っています。

これまで四十年間、国内外千七百カ所で四千万本以上の幼木を、先見性をもった企業、行政、各種団体、そしてなにより多くの市民のみなさんとともに、土地本来の樹種の苗木を植えてきましたが、いずれもどんな災害にも耐えていのちを守る森に生長しています。そして大きくなった樹木は、ドイツの林業のように八十年伐期、百二十年伐期で択伐すると、広葉樹のケヤキでも一千万円以上で売れると聞きますから、地域経済に寄与します。日本人一人ひとりが、自分の、愛する家族の、日本の国民のいのちを守るため、そして本物の緑豊かな国土を守るために、自ら額に汗し手を大地に接して、小さな苗を植えていく、その成果とノウハウを日本から世界に発信していきたいと願っています。

現在八十四歳（当時）ですが、宮脇昭は今後もがんばります。生物学的には女性は一三〇歳、男性も一二〇歳まで生きられるポテンシャルをもっています。何もしないと退化します。私も少なくともこのプロジェクトが実現するまで、みなさんと共に木を植え続けることを公言しています。

今回畏れ多くも貴重な機会を与えていただいたことを心から感謝申し上げます。ありがとうございました。

＊『見えないものを見る力』藤原書店、二〇一五年、より転載

3

見えないものを見る

――「潜在自然植生」とは何か――

宮脇 昭

「その人しかできないこと」をやりきること

直観的に申し上げれば、私しかできないこと、その人しかできないことを、ちゃんとやり切る、それが「匠」ではないでしょうか。

科学というのは、原則をいえば、誰がやっても同じように反復できなければいけません。ところが、私の後継者も弟子もいっぱい、あちこちで森づくりをやっていますけれども、人によって違うんですね。私がやるのと、私のところで修練したみなさんと、また違う。

六年ほど前、福井県の河川事務所の所長が、川沿いに木を植えて森をつくりたいというのですが、私も時間がなくて、三六〇日しかありませんから、私の研究室の上席研究員が行ったんです。三年くらい経って、所長が「どうしても一度宮脇に現場に来てほしい」というので、行ったんです。

植えたのは私の一番の弟子ですし、素人が見ればみな同じなのですが、私が見れば「ここが間違っている、ここが手抜きしているのではないか」ということが見えてきます。そういうのは非科学的だと言われるかもしれませんが、「匠」というのは、その人しかできないこと、それをやりきることです。だんだんそのコピーはできるようになるけれど、ほんものはその「匠」と言われる人しかできない。そういうもののような気がします。

かんたんに見えるものは、上っつらだけ

時間も空間も、無限なんですよ。しかし人間は限られた測定時間の中ですから、いくら長期的と言っても、五〇年、一〇〇年、いや三年、五年でしょう。また面積的にいくら広く調べても、点ですよ。地球規模につながっていないからです。それで予測をどうこう言ったって、すべてが確実にあ

たるはずがないんですよね。予測でもなんでも。もちろん、そういう測定の研究や技術も必要なのですが。

ものをつくる場合でも、一見同じものをつくるんですよ。私のやっている森づくりでも、やることはみな同じですよ、ポットに、種、いわゆるドングリを入れて苗をつくる、「ああ、それなら私はできます」と、みなさんがおっしゃいます。でも、違う、しっかりした苗はそうかんたんにはできないんですね。でも、三年、五年、一〇年経つと、だんだん、より健全な苗ができる。

大事なことは、現在は見えるもの——数字やグラフで表現できるものしか相手にしない、あとは非科学的だというけれど、いのちも、心も、わざも、トータルの環境も、本当はまだ見えないんですよ。かんたんに見えるものは、上っつらだけなんですよ。

見えない本質をどう摑みきり、そして理解してやりきるか——匠はそれをやりきる。それを意識しているかしていないかわからないけれども、とにかくやり抜く。長いあいだの苦労や、あるいはひらめきによってかもしれませんけれども、やりきる。その成果が匠の成果であり、それをやりきる人間は、匠と言っていいのではないかと思いますね。

「人、人、人」——自然は、みんな違う

自然は、みんな違う。人間は、自然の生物的システム——生態系の生産、消費、分解・還元の循環システム——の中で、消費者の立場で生かされているのです。人の顔も、みんな違う。あなたと同じ顔をした人は、この地球に一度も生まれてこなかったんですよ。今も地球上のどこにもいないし、当分出てこない。これは人の顔だけでなくて、いのちを支える環境も、それを研究する科学・技術はすべて、それだけの奥があると思うんですよ。

ですから、本質をおさえておれば、どこへ行っても対応できるわけですね。ところが、コンピュータで計算できるものは、みな同じ答えしか出ませんから、コンピュータだけではまだ匠はできないと思いますね。今の不十分なコンピュータでは。現在はめざましく発達しているように見えて、まだ科学・技術、医学は不十分です。それで表現できないものが匠なんですよ。

人、人、人、です。今、私は、いのちを守る日本各地の本来の森の再生を目指して、常緑照葉樹——シイ、タブノキ、カシ類などを植えていますが、他にも世界中でその土地本来の森をということで木を植えていますが、同じ木を、同じように植えているように見えても、だめなんですね。「宮脇のやり方はよく知っている」「宮脇先生によく習っている」と言っても、厳密にはだめなんですね、不思議に……私にもそのわけはわかりません。同じようにやったつもりで、彼もやっているんですね。本人は完璧のつもりでやっているんですけれど、相手は生きものですから、相手は生命をかけてますから、ちゃんと結果に出るわけですね。私のはほんものです、ちゃんと育つように、やっていますから。他のは少しおかしくなるんです。匠というか、ほんものというのは、一〇〇％成功しなければだめですからね。まぐれで一〇〇のうち一つか二つ成功したってだめです。偶然じゃないんですよ。

「潜在自然植生」とはなにか？

その理由は、ひとつはポテンシャル、能力です。その能力は、みながもっているはずです。それを本気で顕在化しきるかにかかっています。土地本来の木を植えるのでも、何でも。だれでもがすぐに出来るというわけではなくて、私の恩師のチュクセン教授が言ったように、「潜在自然植生」を見るには匠の力がいるんですね、見えないものを見きわめるわけですから。

一九五六年に「潜在自然植生」という概念をチュクセン教授が初めて世界に発表して、その二年後に私がドイツのチュクセン教授のもとに留学しましたから、教授はそれを私に教えこもうとしてくれた。私が日本各地の雑草群落の研究の、それまでの調査の成果をまとめた、雑草生態学の博士論文を一つ終えたときです。教授は現場でいろいろ教えてくれるんですけれども、それがなかなか分からなくて。「潜在自然植生」なんて忍術ではないかと……それは、科学ではなく、忍術ではないかとさえ、思ったくらいです。

それから、ひらめきもあるかもしれませんね。チュクセン教授から、少なくとも三年、ドイツの自分のもとで勉強しなければものにならんと言われていたのですが、教授は言いましたよ。今の若者には二つのタイプがある。一つは「見えるものしか見ようとしない者」。こういう者は計算機、今のコンピュータで遊ばせておけばいい。もう一つは、「見えないものを見ようとする努力をする者」。こういう者は、自分の研究所で三年以上、徹底的に現場で、自分のからだで、目で見て、耳で聴き、手で触れて、なめて、さわって修得すれば、なんとか見えるようになる、と。「お前は後者だから」と、おだてられたり、脅迫されて、なんとか学びました。なかなかわからなかったけれど……。

「潜在自然植生」というのを、今でも理解できない植物生態学者がいますよ。「想像じゃないか」と言ってね。だけど、それで植えたものが、すべて見事に育って、今回の東日本大震災の津波に耐えて住民のいのちを救っているわけですよ。それに対して、計算機で確率的に予測したって、鉄筋の防潮堤、人工のマツ林を破壊して二万人のいのちを失っているわけです。

みんなが、それぞれの分野の「匠」に

「匠」ということばは、本当にすばらしい言葉だと思いますね。しかし「匠」というのは何であるか」と言われると、定義はなかなか難しい。

現代の科学・技術で計測したり、完璧には表現できないものですね。それだけの奥深さ、深みをもっているものです。コンピュータのように画一的ではなく、クリエイティブな、本質的な。よく私は「環境保全林の創造creation of the native forest 」と言うのですが、「create なんてキリストしかできないんだ、人間は創造主ではない」とヨーロッパの学者に言われたことがありますが、ようするに「一般的な人知を超えて」という意味なんですね。

まだ私も本物の「匠」には達していませんが、私がやってきたことは私

にしかできないこと、私の創造です。それを普遍化したいというのが私の望みです。

反面、最高の技術で測定したデータをコンピュータにインプットして予測した自然災害の予測など、まだ完璧ではありません。

しかしみんなが、それぞれの分野の「匠」になるよう努力してゆきましょう。

人間、本気になれば、一〇〇％は無理かもしれませんが、九五％は成果がつかめます。多少、時間の差はあるかもしれませんが。それが、八十六年ひたすら生きてきた私の実感です。

（談）

＊二〇一四年四月七日／於・ＩＧＥＳ国際生態学センター
『環』五八号、藤原書店、二〇一四年夏、より転載

第Ⅱ部

水俣の海辺に「いのちの森」を

石牟礼道子
宮脇　昭

聞き手＝藤原良雄（編集長）

日時　二〇一四年六月十三日、十四日
於　熊本市内「ユートピア熊本」

はじめに

出会いは奇縁で、必然

――水俣の「大廻《うまわ》りの塘《とも》」の跡をみてほしい、そしてこの地を再生させたいという石牟礼道子さんの思いを宮脇昭先生にお伝えしたところ、宮脇先生が賛同くださり、宮脇先生を熊本にお迎えして、石牟礼さんとの対談が実現することとなりました。宮脇先生には昨日、沖縄から熊本に入っていただき、対談に先だって、すでに現地を見ていただいております。石牟礼さんも今年に入ってからあまりご体調がすぐれなかったところ、お元気になられ、こういう機会がもてることをうれしく思います。

宮脇先生は、植物生態学の第一人者で、数々の国際的な賞を受けていらっしゃいます。また先生は「いのちの森づくり」という表現をされていますが、その土地本来の森づくりを実践され、これまでに世界の一千七百か所で四千万本以上の木を植えてこられました。現在は細川護煕元首相のバックアップを得ながら、東日本大震災の被災地沿岸に、宮脇方式による「緑の防潮堤」プロジェクトを推進していらっしゃいます。私もひと月前に石巻の鎮守の森に木を植えるお供をいたしました。先生はその後、すぐにケニアに行き、ナイロビ大学で一週間で一万本を植樹したら、次はデトロイトと、とにかく世界中を飛び回っています。それ以外でも、中国の万里の長城に木を植えてくれと北京市長から頼まれたりと、宮脇先生にとって国境は関係なく、先生を必要とする人たちのもとへ、世界中どこにでも飛んで行かれます。私は二〇一三年の秋にはじめてお目にかかりましたが、八十五歳とは思えない、迫力、生命力に圧倒されました。

石牟礼さんは、『全集』が五十年後、百年後にも必ず読み継がれるであろう、現代日本文学の中でも稀有な作家・詩人です。なぜまれかというと、外国文学からの借り物ではなく、土地に根ざしたものから文学を作り上げてきたからです。多くの作品を、本物の日本の言葉で、またその土地で生み出された言葉で綴ってこられました。

二〇一三年には小社で、石牟礼さんが主演する『花の億土へ』という映画を作らせていただきました。この中で「現在は、文明の解体と創生が同時に進んでいる」というメッセージを出されました。これには本当に感銘し、そこまで考えておられたのかと思いました。この点で、生命に対する信念を持ち、「危機はチャンスだ」と強調される宮脇先生と通じるものがあると考えます。

石牟礼さんは一九二七年生まれで、デビュー作は一九六九年の『苦海浄土』、宮脇先生は一九二八年生まれで、デビュー作は一九七〇年の『植物と人間――生物社会のバランス』です。同じ世代であり、デビューもほとんど同時期です。しかも両先生のデビュー作はともにロングセラーです。一九七〇年前後から、お二人は四十五年間ずっと走り続けてきたと思います。

さらに、宮脇先生はしきりに「現場に行け、現場、現場、現場だ」とおっしゃいます。石牟礼さんも、現場を歩かないと『苦海浄土』という作品はできないと思います。今はお一人で出かけるのは難しいと思いますが、若いころはあちこち飛び回っておられたともうかがっております。宮脇先生がいう「目で見、手で触れ、においを嗅いで、なめて、触って、調べろ」ということを、石牟礼さんは実践してきたのだと思います。

こういうお二人が出会うことになったのは、奇縁であり奇跡といってもいいかもしれません。しかしこの二十一世紀の初めに、熊本で出会うことになったのは、必然かもしれません。このような出会いを取り持つことができたことは、私にとって大きな喜びですし、このお二人の対談を後世に残すことができればと考えています。

（藤原良雄）

水俣を訪ねる

宮脇　私は、人間のいのちの共生者としての、生きた緑、森がどのようになっているかを調べています。ただ残念ながら、人間活動によって、土地本来の〝本物〟の森は、今ほとんど残っていません。

石牟礼　そのようにお書きですね。私はもっぱら海のほうから見てまいりました。

宮脇　よく存じております。水俣は久しぶりですが、お目にかかる前に、石牟礼さんがどういう舞台で生きてこられたか、栄町通りのご生家があった場所などを見てまいりました。また火事にも東日本大震災にも生き残ってきた〝本物〟のタブノキ。その総タブノキ造りの、徳富蘇峰・蘆花兄弟の生家（水俣市浜町）もあらためて十分に検証しなおしました。

石牟礼　水俣病資料館長だった坂本直充さんがご案内したのですか。

宮脇　はい。本を読みますと、坂本さんも水俣病の被害に遭われ、子供の頃から大変不自由をされたそうですが、とても明るく気持ちよく案内していただきました。ああいうのが正しい人間の生き方なんだなと思いました。

私は昭和三年生まれで、石牟礼さんが昭和二年生まれ。ほぼ同じ年齢で、戦前・戦中・戦後を生きた人間として、石牟礼さんが書かれてきたことはよくわかります。ただ私は、海ではなく、岡山県川上郡吹屋町大字中野という、海抜四百メートルほどの山の中で生まれ育ちました。現在の高梁市《たかはし》成羽町《なりわ》です。小学校一年の時には、海を見た同級生は誰もおらず、ずっと海にあこがれていました。石牟礼さんは海のそばで生活されて、しかも記憶が非常に鮮明ですね。

石牟礼　ほんとうは、もう少し詳しく書きたかったんです。

水俣と、不知火海をはさんだ対岸の天草とは昔からつながりが深く、私の祖父も天草上島の下浦出身の石工で、チッソの積出港を造るために天草から水俣に出てきました。まず築港工事をして、それから栄町通りの道路を造りました。栄町通りをずっと行くと、湯《ゆ》の児《こ》という温泉がございますが、そこまで延々と道を造って、没落してしまい、「水俣にあった山をいくつも道に食わせてしもうた」と言って、売る山がなくなり、事業道楽をやめました。

宮脇 すばらしい所ですね。さきほどご自宅のご主人様にも、ごあいさつしてきました。

石牟礼 あら、まあ。それじゃあ、びっくりしたでしょう。電話で話すと、あまり出すぎたことをしないようにと言っていました。

宮脇 お家も、お庭の植物もきれいに手入れしてあって、びっくりしました。植物を専門にしている我が家の庭より、はるかにきれいにしていらっしゃいますね。

石牟礼　坂本さんの友だちが来て、庭木の枝打ちをしてくれたんですって。それを昨日、片付けたといっていました。

宮脇　私の育った所はほんとうに田舎で、小学校も分教場で、六年生まで正規の教員の免許を持った人は誰もいらっしゃいませんでした。女学校を出た人や、お寺のお坊さんが代用教員でした。

石牟礼　私は女学校を出ておりません。実務学校というのができまして、そこを出ました。実務学校という名前は十年間もなかったんじゃないでしょうか。今は高等学校になっています。

宮脇　私は、六年生まで中野尋常小学校に通った後、吹屋尋常高等小学校に通いました。二年間、毎日一時間をかけて、雨が降っても平気で一里（約四キロ）の道を通いました。私が出かけようとすると、母親は「あきら、ごはんを食べて行きなさい」と、大きな声で呼び返したものです。そこは木造で日本最古の小学校でしたが、廃校になりました。テレビ番組によく出るところです。

私の子どもは町の中で育ち、ママゴンに「勉強しろ、勉強しろ」と言われながら附属の小中高を出ましたが、どちらが幸福だったか。当時は食べるものもなかったし、裸足に草履《ぞうり》の子も、六年生になっても青っ洟《ぱな》を出している子もいました。それが今たまに帰りますと、下手な大学教師のなれの果てよりもはるかにしっかり自信をもって、大工や左官の棟梁として立派に生活しています。学校を出たから偉いのでもなんでもなくて、学校へ行けばその人の能力を少し早く引き出してくれるだけです。

私は身体が弱くて、三歳の時に脊椎カリエスになりまして、母親が田舎から岡山の大学病院に連れていってくれて、手術を受けました。「この子はいい子だけれど、二十歳までもたんだろう」と言われていましたが、八十五歳まで生きています。私は手と足が非常に大きいのに背が高くないのは、その脊椎カリエスが原因ではないかと思います。

母親は、私の身体が弱いのでふつうの仕事ではだめだろう、小学校の先生にして、子どもと「オイッチニ、オイッチニ」とやっていれば元気になるだろうと思って、師範学校を受けさせてくれました。でもご存じのように当時は体育とか教練とかがあって、それが全然できなかったので、落第しました。

すると両親は家を継がせようと思い直して、県内で三つしかなかった県立の農林学校の一つ、新見農林学校に入れてくれました。それは太平洋戦争がはじまった翌年、一九四二年のことです。というのは、私は四人兄弟の四番目ですが、上二人の兄は家を出ており、すぐ上の三番目の兄、亀雄は小売商をしていましたが、昭和十三（一九三八）年の十月十日に中国大陸で、私が小学校五年生の時に戦死していたからです。

新見農林学校を出て、終戦の年、一九四五年に東京農林専門学校、現在の東京農工大学に入学しました。一九四八年に東京農林専門学校を卒業した後、いったん岡山に帰って、岡山県立新見農業高等学校に改称されていた母校で、一年間だけ教師をやりました。東京高等師範学校を出た田原博愛校長が、「宮脇君は東京で勉強して英語ができるから、英語と生物を一年間やらせよう」ということになりました。生徒たちとの楽しい思い出があります。

ただ、もっと勉強したいという思いが強かった。しかし、東京ではお腹が空いてどうしようもないので、一番近い旧制の広島文理科大学（現在の広島大学）に進学しました。このように、ふつうの方とちがって、いろんな横道に入りながら、今日まで生き延びてきました。

石牟礼　大変よく勉強なさいましたね。

宮脇　いや、流れにまかせて、あまり勉強した記憶はないんですけれどね。

石牟礼　そんなことはないでしょう。私が入った実務学校には、農業科、工業科、商業科がありましたが、それは男子が入る科で、女子は家政科に入りました。卒業したらすぐ世間の役に立つというのが目的の学校でした。家政科に入りましたら、行儀作法というのがありました。それから、当時はお米がありませんから、家政科では代用食の作り方を実習しました。代用食といっても、なんのことはない、カライモ——水俣では、サツマイモをカライモといいます——の団子汁です。お米は配給の時代で、水俣はカライモの名産地でしたから。

宮脇　でも、海岸だからお魚は食べたでしょう。

石牟礼　魚は、都会の人よりは食べたかもしれませんね。私は四、五歳の時から、釣りをしていました。釣りが遊びでございました。

宮脇　石牟礼さんの本を読みまして、その頃のことを知りました。私と同じような幼少期を過ごしながら、非常に感性が鋭くて、自然や人のあらゆる動きを、四歳、五歳の目で本当に客観的に見ていらっしゃるので感動しました。

石牟礼　子どもの目で見ていただけですよ。

現代を憂える

宮脇　今の若い人は、親に勉強しろ、勉強しろと言われて、子どもの時に自分のふるさとに接することなく生きてきて、かわいそうだと思います。都市でも農村でも、その人のふるさとがあるはずなのに。

石牟礼　かわいそうですね。

宮脇　一つ一つこれだけのことを記憶して、お父さん、お母さんや、隣のおじさんなどが言った言葉を丹念に子どもの鋭い感性でまとめていらっしゃる。

石牟礼　好奇心が強いんです。よく読んでくださり、ありがとうございます。

宮脇　自分の目で見、手でふれ、身体全体で感じた体験を記憶したことは、自分の成長の肥やしになりますから、生涯忘れませんよね。

石牟礼　生涯忘れませんね。

宮脇　現代は、人類五百万年の歴史のなかで、夢にも見なかったほど、物やエネルギーであふれていますが、毎年三万人も自殺するとか。動物の世界でも見られないような不幸な問題が、家庭内や学校や社会で起こっています。それに対して私たちは、野や山で生き延びながら、生命の尊さ、はかなさ、きびしさを、理屈はともかくとして、心身に染み込ませてきました。そのへんがちがうと思います。

だって一番大事なことは生きていることですものね。私は今でも言っています。八十五年、いろんなことがあったけれど、困ったことはなかった。

だって生きている。他のことはなんとかできますけれど、死んだいのちを生き返らせることは絶対できませんからね。

石牟礼　さようでございますね。

宮脇　このすばらしい水俣が、不幸な問題にみまわれました。ちょうど私がドイツに行っていた一九五八年ごろ、日本のミナマタの公害として、世界が憂えていました。石牟礼さんはそのきびしい中を生きてこられて、そして人間活動のなかにあるさまざまなすばらしいことも悲しいことも記憶に残して、それをご本になさいました。それを拝読して感動しました。

石牟礼　読んでいただけて光栄でございます。水俣は、二十世紀の文明がいかに荒廃していたかの象徴ですね。いま〝水俣死民〟という言葉を思い出しました。水俣の人たちは、〝死民〟じゃないぞ、生きてるぞって、怒るでしょうけどね。

宮脇　なるほど、〝死民〟ですね。

石牟礼　若い人たちが〝水俣死民〟というゼッケンを作って、背中につけて座り込みをいたしました。「怨」と大書した旗を作ったころです。

宮脇　まさに現実はそうだったんですものね。今の人は、なぜそういう現実に目を向けないのでしょう。

石牟礼　時代が変わったからでしょうね。

宮脇　「卒塔婆の東京」、「毒を隠しつづける政府」、「毒死列島」とも書いていらっしゃいますね。よくぞはっきりと書いてくださいました。たしかに東京の高層ビルは卒塔婆に見えますね。

石牟礼　いや、主人は過激すぎると言っています。

宮脇　これくらい過激に言わないとわからない。何があっても自分だけは生き延びると、他人事に思っている人もいます。これが怖い。しかし死んだものは絶対に生き返りません。だからこそいのちを守ることが大事です。石牟礼さんはいのちを守ることでご苦労されたと思いますが、生きているることほど幸福なことはないんですよね。これが自明であり、かつ科学的で冷静な事実であり、言葉の綾ではないことを、誰も認識していません。それで何かあったらぺちゃんこになったり、投げやりになったりして、簡単に人を殺したり、また自殺したりする人がいます。

熊本も東京も横浜も大阪も大空襲でがれきになったけれど、七十年近くたったら、勝った国よりも日本が経済的に発展しています。では何を奪われたか。日本人の心、感性、知性だと思います。

石牟礼　情念を失いました。

宮脇　はい。それは七十年近くたっても回復できないですね。ますますおかしくなっている。私たちは過去をもう一度正しく見つめ、そして一人一人がすばらしい感性を豊かに育むような環境をつくる必要があると思います。町には町の環境があり、農村には農村の環境がありますが、まず生きものとしての人間の生き方、いのちの尊さ、はかなさ、きびしさを教

え込まなければいけないんじゃないでしょうか。

石牟礼　まったく同感でございます。

宮脇　私は三百七十万人が住んでいる横浜市の、真ん中に近いところに住んでいます。しかし、たとえどんなに科学・技術が発展しても、私がどんなにお金を儲けても、エネルギーを使っても、腹が立っても、この地球上に生きているかぎり、生きている緑、土地本来の本物の木が生えたふるさとの森の、その寄生虫の立場でしか生きていけません。森の緑の表面積は芝生の約三十倍もあります。寄生虫と言われたら怒るかもしれませんが、今日、何を召しあがったでしょうか。バターもチーズも牛乳も、もとをたどればみんな植物です。私の着ているのはポリエステルで、原料は石炭や石油、もとはみんな植物です。この瞬間、誰も気づいていないけれど、生き物が吐いている二酸化炭素を吸って酸素を出しているのは、みんな植物です。

日本は緑の国で森が非常に多いと言われています。さしあたり教科書で学ぶような森はあるかもしれません。化石燃料がない時代には、薪炭林として里山の雑木林をつくり、薪でご飯を炊いたり、冬の寒さをしのいでいました。また化学肥料がない時代ですから、一年二回、下草を刈り、落ち葉かきをして、それを田んぼにすき込んだりしていました。今は化学肥料があるので、下草を刈ったり、落ち葉かきをしたりすることはありませんし、石炭、石油があるので、木を伐って薪にすることもありません。

そういう状態にいながら、人は心を失ったかのように、「足りない、足りない」と言っています。われわれの祖先は、五百万年の人類の歴史のうち四百九十九万年間、森の中で猛獣におののきながら木の実を拾ったり、海岸の貝を拾ったりして生き延びてきました。それがいまやいろんな化学繊維の衣服を着て、夢にも見なかったようなものを食べており、五百万年の人類史のなかで、最高の条件のなかに我々はいます。ただ、最高の条件というのは、生態学的にはもっとも危険な状態で、次は破滅しかありません。それがわからずにまだ上へ上へと、個人も社会も政治も経済も教育も目指すのはおかしいと思います。

こういう時代だからこそ、石牟礼さんが幼いころの鋭い眼を通して克明に記憶し、それをまとめたものを、若い人たちは、ぜひ読むべきだと思います。自分たちは実際には経験できなかったかもしれないけれど、自分たちの祖先がそういう生活を経て、固有の文化を発展させながら、この小さな島国で生き延びてきたことを知ることができるはずです。今日は、若者やこれから生まれてくる人たちが、もう一度、本物の生きものとしての人間の生き方を取り戻すために、石牟礼さんとこうして対談できることを、大変うれしいと思っています。今日初めてお目にかかるのですが、いろんなお言葉を承りたいと思って、楽しみにしています。

1

「潜在自然植生」とは何か

——宮脇昭の研究と実践——

雑草を研究テーマにする

——ここで宮脇先生から、どのようにして現在取り組んでいるような研究と実践にたどり着いたのか、人生を振り返りながら、お話しいただけますか。

宮脇　最近、ジャーナリストに会いますと、「宮脇先生、いつから植物が好きだったんですか」とよく聞かれます。今でもとくに好きとは思いません。好きでなくても、嫌いでもなく、それを三十年、五十年、七十年、続ければ、それも一つの人生です。ただ今考えると、その瞬間その瞬間は、自分にまじめに生きてきたと思います。

私は農家の四男坊で、幼いころから百姓仕事のつらさと大変さを見て育ちました。春先になると一面に雑草が育ちます。そして梅雨になるとブユ、ヤブ蚊がいっぱい出るので、農家のお爺さんお婆さんが、ボロ布を編んで腰に下げて、それに火をつけて虫除けにして、這いずるようにして草を取っていました。それを見て、お爺さんお婆さんの腰が曲がっているのは草取りのためだろう、畑や田んぼの雑草が、変な毒をかけたりしないで排除できたら、きっと日本のお百姓さんたちはもう少し楽になるんじゃないかと、漠然と子ども心に思っていました。それこそ四歳か五歳ころの記憶です。それは言葉にはなりませんでしたが、物心ついたころから、私の中にしみついていました。

石牟礼　何を腰に下げていたんですか。

宮脇　ボロ布を編んだものです。火をつけるとゆっくりと燻《くすぶ》ります。それを腰に下げておくと、ヤブ蚊やブユが煙で来なくなります。そうしておいて、腰にビクという竹かごをつけて、取った草を入れていました。

私は先ほど申し上げたように、新見農林学校、東京農林専門学校をへて、一九四九年、旧制の広島文理科大学で生物学科の植物学専攻に進学しました。旧制大学では卒業論文を三年目に書きます。これは非常に大事で、「何をやるか」と恩師の堀川芳雄教授に言われて、「雑草生態学をやります」と応えたら、「おお、雑草か、宮脇、雑草はあまり人がやっていないから、大事だけれど、しかし、雑草なんかやったら一生日の目を見ないし、誰にも相手にされないだろう。しかし、君が生涯続けるなら、ぜひやりたまえ」と言われて、それから六十五年、同じことを続けています。

堀川教授は東北帝国大学出身で、『植物地理学』という大きな本を、アトラスオブジャパンから英文で出版しました。現場主義の先生で、一年生の時にはじめて、木曽駒ケ岳という海抜二、九五六メートルの山の植生調査に連れて行ってもらいました。そこではじめて、海抜が上がるにつれ、植生が垂直に変化する様子を実際に見ました。二年生の時には、紀州の田辺で調査をしました。同級生九人と堀川先生とで、台風が過ぎた後の雨の中をバスに乗って移動していたら、向こうから自転車が来ました。バスが自転車を避けると路肩が崩れて、あっという間にバスは三回転して、谷底に落ちてしまいました。バスの中は埃だらけです。額を触るとべったりと血のりがついていましたが、痛くありませんでした。本当の深傷は痛くないというから、これで死ぬんじゃないかと思いましたが、当時は痩せていて軽かったので、血はついていましたが、九人の一番上に乗っかっていて、他人の血だったんです。ただ堀川先生は肋骨を折る重傷で、近くの病院に入院しました。これでこの実習は終わりかと思ったら、すぐ助教授の鈴木兵二先生を呼び寄せて、「鈴木君、俺は行けないけれど、お前が続けてやれ」といって、最後まで実習を続けました。このように堀川先生のもとで、現場主義をたたき込まれました。

卒業間近になったころ、横浜国立大学で植物分類学を研究している北川政夫先生が助手を募集しているというのを堀川先生が聞いて、私を推薦してくれました。そのつもりでいたのですが、いつまでたっても正式な話はきません。故郷へ帰って中学校の先生でもしようと思っていたところ、今度は東京大学の植物生理学出身の福田八十楠《やそな》教授から呼ばれました。私は植物分類生態学ですから講座は別で、あまり関係はありませんでしたが、「卒業後、どうするか」と呼ばれました。「田舎に帰って中学校の先生をしようと思っています」と答えたら、「君はそんな人間ではない、僕と一緒に東大にいらっしゃい」と言われて、はじめて東京大学に赤門から入って、当時、植物学会会長だった小倉謙《ゆずる》教授の部屋につれて行かれました。いろいろ聞かれて、「雑草生態学は面白いじゃないか。雑草は、生えている生態も大事だけれど、組織を見るのも大事だ」とおっしゃいました。小倉教授は植物細胞分類学で、細胞を顕微鏡で見ることをやっていましたから、私とは専門がちがいましたが、いろいろ話しているうちに教務課長を呼んでこいということになり、教務課長と話して、「君はこれで東大の大学院生になったから、四月からいらっしゃい」と、あっという間にそういう話になりました。

そのうちに横浜国大の助手の話が決まって、給料がもらえるらしいので東大を辞めることにしたら、当時、広島文理科大学内にも、東京大学と東北大学といった、多少の学閥があったんですね、下斗米直昌《しもとまいなおまさ》先生という、遺伝学の主任教授が東京に飛んできて、「宮脇君、東京大学をなんと思っていますか。堀川君の言うことなんか気にしないで、君は東京大学に行きなさい」と言われるし、小倉先生も「新制大学の助手や助教授にはいつでもなれるから」と言われます。そう言われて迷っていると、また教務課長が呼ばれて、言うには、「小倉先生、何も問題はありません。大学院生でなく研究生にして、一週間のうち、三日は横浜国立大学に行き、三日は東京大学に来ればいい。研究生は大学院生と授業料は同じですが、誰でもなれます。ただ大学院生は三年たてばドクターになれるということです」と。

それでいいと思って、夜汽車に乗って東京へ向かいました。

地方にいると東大出身の研究者や東大生がとても偉く見えましたが、何のことはない、どこへ行っても人間はちっとも変わらない。東大と地方の大学のちがいは、ただちょっと東京には冷静な人間が多かったというぐらいなものです。

チュクセン教授とのめぐり会い

宮脇　雑草というのは、作物を植えると、作物よりも遅く芽が出て、早く花が咲いて、早く実がなって、作物を収穫する前に種が落ちます。だから作物は毎年植えなければいけないけれど、畑の雑草、水田の雑草は耕して肥しをやるかぎり、永遠に畑の主として君臨します。

私の最初の研究は、ホウキギクに関する「三種のエリゲロン属の根の形態学的研究」です。苦労して英語で二本、ドイツ語で一本、論文を書いて、

『ザ・ボタニカル・マガジン』に投稿しましたが、日本の学者には相手にされませんでした。ところが、私の生涯の恩師になる、当時のドイツ国立植生図研究所長のラインホルト・チュクセン教授から、「雑草は、畑を耕して、草を取るから繁茂するのだ。人間活動はこれから激しくなる。その過程で、緑の最前線になるのが雑草だ。私も雑草を研究している。こちらへ来て一緒に研究しないか」と連絡がありました。

大変うれしかったのですが、当時、横浜国立大学教授の給料は二万円、助手の私は九千円で、往復の飛行機代が四十五万円でした。とても不可能だったところ、いろいろあって、アレクサンダー・フォン・フンボルト財団の奨学金を得て、一九五八年九月二十六日の狩野川《かのがわ》台風の翌々日、羽田からドイツまで飛行機で行きました。敗戦国である日本の飛行機もドイツの飛行機も、海外に出られない時代です。ＫＬＭオランダ航空で当時、南回りで五十六時間かかりました。まずアムステルダムに行って、ルフトハンザ航空に乗り換えてブレーメンに着きました。まだ九月なのに、北ドイツは寒かった。ハノーファーから六十キロ離れた、人口五千人のストルチェナウという所に、国立研究所が疎開しており、そこに行きました。

次の日から、有名なリューネブルグ・ハイデという、一九〇九年に指定された四万ヘクタールの自然保護地域で植生調査をしました。ハノーファーとハンブルクの間にあります。イギリス軍が戦車で植生を破壊したので、再生するための調査です。ドイツの冬は厳しい。寒いなかで雨が降っても朝から晩まで、植生を調べたり、土を掘ったりしました。

チュクセン教授は恐い先生だったけれど、私はつい、「チュクセン先生、私はドイツへもうちょっと科学的な勉強をしに来たと思いました。ベルリン大学で、この教授の講義も聞きたいし本も読みたい、ボン大学でこの論文を読みたい」と言うと、じっと青い目で見ながら、「まだ早い。どうせ本を読んでも、誰かの本の丸写しかもしれないし、講義はどこかの教授の論文をかき集めたものかもしれない。そんなことよりもまず現場に出ろ。地球が誕生して四十六億年、生命が生まれて四十億年、人類が現れてから五百万年の歴史のなかで、ドイツ政府が何千万マルクの金をかけても再現できない本物のいのちのドラマが展開している。それを自分の身体を測定器にして、目で見、手で触れ、においを嗅ぎ、なめて、さわって、調べろ」と言いました。以来、私はチュクセン教授のその言葉を守って、研究を続けている泥臭い男です。

「潜在自然植生」を会得する

宮脇　チュクセン教授が私をドイツに誘ってくださったとき、「雑草は俺のヒゲみたいなものだ。剃るから濃くなる、取るから生える。大事なことは、その土地がどのような生物的な潜在能力をもっているかということである」と言いました。

植物集団を見るときに、人間が影響を加える以前のものを「原植生」、原生林といいます。現在の植生は「現存植生」です。現在の植生は人間によってほとんど変えられています。そこでチュクセン教授は、一九五六年に、原植生とも現存植生とも異なる第三の概念として、現時点で、人間活動の影響をストップさせた時、理論的に、そこの自然環境がどのような緑を支えうるか、それを today's potential natural vegetation（現在の潜在自然植生）とする理論を発表しました。私が発表の二年後に行ったので、先生は私にそれを教えたくてしょうがなかったんです。ところが、その理論は着物の上からさわらずに中身を見るようなもので、私は忍術じゃないかと思いました。ドイツも日本もほとんど全部開発されていて、農村でもほとんど潜在自然植生は残っていません。

それでチュクセン教授のもとで調査をつづけ、帰国前の焦燥感の中で思い出したのが、郷里の岡山県の吉備高原の海抜四百メートルの山間で、私の家から五百メートルほど行った所にある無人の御前《おんざき》神社（今の中野神社）の光景でした。十一月末の秋祭りでは、集落ごとに山中ではめったに食べられない鮮魚の刺身などのご馳走を食べ、それから真夜中に御前神社に集まって、備中神楽をやります。大黒さんが出てきて餅を撒いたりして、最後はヤマタノオロチとスサノオノミコトです。それが終わるのが早朝五時半ごろです。そのときに見た光景がよみがえったのです。御前神社を出たところに、黒々とした大きな枝がありました。あれが私が生まれた土地の、チュクセン教授の言う、土地本来の本物の潜在自然植生ではないかと思い至りました。

石牟礼　何が黒々としていましたか。

宮脇　カシの木の枝です。鳥居のところに大木が二本残っていて、それがその地方の潜在自然植生の主木だったのです。一方はアカガシ、一方はウラジロガシ。今まで雑草を調べていたときは、緑はみんな自然の緑だと思っていましたが、それはまったく間違いで、すべて人間が植えたり、その影響を受けたものでした。私は生物的な本能で、本物の緑でなければだめだと感づきました。

ドイツではいろいろな委託研究がどんどん行われていたので、帰国後の日本でもうまくいくと思ったら、日本の学界からは冷めた目で見られました。ドイツかぶれもいいかげんにしろ、日本はちがうんだと、誰にも相手にされませんでした。

ただその危機はチャンスでした。六〇年から七〇年代までの数年間、誰にも相手にされなかったけれども、日本中の植生調査で全国をまわりました。宮脇昭のところへ行けば、ただで各地が回れるというので、全国から合計二十人、たとえば東海大学の海洋学部や、立教大学の物理、弘前大学の教育学部を出たという若者が集まりました。今横浜国立大学の学長になっている鈴木邦雄君は東北大学の生物学出身で、大学院にいたのですが、私のところで研究したいと、私より年上の飯泉茂《いいずみしげる》教授という指導教官に言ったら、「学位を取ってからでもいいじゃないか、どこへ行くんだ」、「横浜国立大学の宮脇先生のところへ」、「じゃあ行ってもいい」ということになったそうです。私がいたのは教育学部で、学位授与権もないのですが、桃太郎の鬼退治みたいに、宮脇の所へ行けば、昼はうどんを食べさせてくれて、夜汽車で日本じゅうを回ることができるということだったようです。

新日鐵大分製鉄所の森づくり

宮脇 その十年間、調査をやった結果が、私にとっては幸いにも、百社ほどの企業から注目されました。公害問題が水俣、阿賀野川流域、川崎などで起こったころで、住民が騒ぐなら、ちょっと緑化でもやっておけばいいと、企業は考えていたようです。当時、私は助教授でしたが、一日現地植生調査をすると、その整理に五日かかります。いろんな企業から人が大勢来るものだから、二十人ほどの若手研究者が研究室から追い出され、みんなおしっこ臭い便所沿いの廊下の横板のところで、ニワトリが餌を食べるように並んで、整理していました。

私が企業関係者に本物の森づくりの話をすると、バッシングに聞こえるらしく、百人中九十人ぐらいは、そのまま帰ってしまいましたが、中には、腹が立つけれど、あいつの言うことは本当かもしれないと思った人が、役員を連れて来られたり、本社で講演をさせられたりしました。その最初の成果が、一九七一年、新日鐵大分製鉄所敷地内での「ふるさとの森」づくりです。その時はじめて私は経済界と関係を持ちました。それにはこういう経緯があります。

ドイツから帰国するとき、ドイツ森林局のオフナー博士から日本自然保護協会にぜひ協力するようにと言われていたので、日本では瀬戸内海国立公園をつくった田村剛先生に会うため、厚生省の屋根裏にあった事務所まで推薦状を持っていきました。すると田村先生は、「オフナー博士から宮脇君のことはよく聞いています。大学の教授なんていつでもなれるから、ぼくのところで日本自然保護協会に勤めないか」と言われました。当時、厚生省に技官で入ると、国立公園局では課長までしかなれませんでしたが、その課長さんが「宮脇さん、来てもいいけれど、給料は出しませんぞ。まったくお金のないところですから」と言われました。そういう状態でしたが、ドイツのオフナー博士や田村先生から言われたので、一週間のうち三日は横浜国立大学に行って、三日は虎ノ門にあった日本自然保護協会の事務所に通いました。

田村先生は、経済同友会をつくった代表幹事の中山素平《そっぺい》さんや木川田一隆さんと会ったらしく、田村先生が私に「いっぺん経済同友会で話をしてくれ」と言うので、企業のトップの人たちに話をしました。生まれてはじめてのことでしたが、みなさんに大変感動されました。こいつの話は大事だということで、一週間後には今度は各部課長に、話をすることになりました。その時にたまたま東京大学の法学部を出て、新日鐵の東京本社に初めてできた環境管理室の室長になっていた式村健さんが聞いていて、早速、私のところに電話をかけてこられたのです。

私はそのころ、大学で〝ミスター・セブン〟と言われていて、朝七時には必ず研究室に行っていました。そこへ電話がきて、「宮脇先生、昨日の話は面白かった。新日鐵でやるから協力してほしい」と切り出されました。今でこそ一億円出せば大学に企業の冠講座をつくれますが、当時は大企業と、アカのかたまりのように言われている横浜国立大学の若造の助教授が仕事をするというのは、下手をすれば私の首が飛ぶだけではすまない、大学全体がおかしくなるような時代でした。不安は大きかったのですが、十年間、誰にも相手にされなかったのでうれしくて、震え声で、「式村さん、本気ですか」と言うと、「もちろんです」と返事がありました。「まず現場を見せてほしい」と言うと、「大分製鉄所が埋立地で、何を植えても、何千万円もかけて造園業者を入れても、潮水が吹きだして枯れてしまう」と言うので、「そこへ行きましょう」ということになりました。

そのころ、ＮＨＫにも時々出るようになり、ちょうど四国の石鎚《いしづち》山の山岳道路で土や砂が崩れて、川に押し流されて止まらないという災害が起こっていました。その取材をというので、私は大分に行く途中、道後山の現場に立ち寄ることにしました。現場で、このままでは斜面が崩れて危険だ、森をつくらなければならない、と感じたことを話すと、スタジオで映像を再確認しながらそのことを話してほしい、と言われました。そこで翌日、大分に向かう前に松山のＮＨＫ放送局に出向きました。

当時のビデオ録画は、テープをつなぐのが難しく、途中で失敗すると、最初から撮り直しになりました。今度はうまくいったと思ったとたん、テープが終わってしまい、再度撮り直しになったりして、収録時間が長引いてしまいました。スタジオの外では、新日鐵の式村健さんと経済出身の総括課長の中川秀明さんが、迎えに来ていました。しかし、われわれが乗る別府行きの船が松山港に着く時刻になっても収録が終わらない。

するとＮＨＫの人が船会社の本社に電話して頼み込み、別府行きの出発を十分遅らせてくれました。

そんなこともあり、やっとのことで大分製鉄所にたどり着いてみると、植樹した所は、つっかえ棒しか残っていませんでした。そこで八月の暑いなか、一日じゅう汗でびしょ濡れになりながら、調査しました。最初、製鉄所の職員は私のことを、「アカのかたまりの横浜国立大学の若造が何しに来た」と思っているし、私は、「公害の元凶の新日鐵め」と思っており、呉越同舟の状況でしたが、現場でいっしょに仕事をしていると、いつの間にか打ち解けていきました。

生態学は本来、現場の学問

宮脇　このように、私は現場、現場、現場でやってきました。必ず自分で現場に行きます。部下や業者に丸投げしたりしません。同じことをやっても、自分でやったのと部下がやったのとはちがいます。今回も石牟礼さんが森を作りたいと考えている場所を、地図と照らし合わせながら拝見しました。新聞でも、テレビでも、現場が大事でしょう。どんな立派な論説委員がプレスリリースで記事を書いても、新米が現場で取材して書いたものには及びません。読者にはちがいがわかります。我々の分野も同じで、たとえば、葉緑素と光の関係を調べるのに、コンピューターで調べてグラフにすれば、論文はすぐにできますが、そういう論文は五年も経ったら使い物になりません。

ラテン語から、ドイツ語のökologie、英語のecologyになって、アングロ・サクソン系の学問になりました。ドイツでは「エコロギー」というのは、土着の学問でした。熱帯まで行ったアレクサンダー・フォン・フンボルトやダーウィンの研究もそうです。それがだんだん計量主義的になって、計れるもの、金に換算できるもの、数字・グラフで表現できるものだけが研究の対象になりました。残念ながら、そういうビジネス的、計量主義的なエコロジーになっていますが、今の不十分・不完全な科学・技術・医学では、いのちも環境も計量できません。

私の恩師のチュクセン教授の思想的な礎だったシュミットヒューゼン教授の『植生地理学』を私は八年かけて和訳して、朝倉書店から出版しましたが、今でも大学の教科書に使われています。彼が言うように、大事なことは、現場をとおした新提示とそれを総合した理論でなければなりません。

コンピューターだけを見るなら人間はいらないわけで、コンピューターで調べた結果のバックデータをどうトータルとして処理して、理論を構築するかが大事です。

三菱商事の森づくりの仕事をよくしていますが、この間、副社長だった鍋島英幸さんに夕食をご馳走になりました。鍋島さんは、佐賀の殿様の後裔です。そのときに、世界じゅうの情報を集めているのだから、ドルやユーロと円の為替レートぐらい予測できるだろうと思ったら、「先生、それがわかれば苦労しない」と言われました。こういう人為的なこともわからないのですから、いわんや四十六億年の地球の歴史、四十億年の生命の歴史、五百万年の人類の歴史を、どんなに部分的に見ても、計算しても、わかるわけがありません。もちろん計量も必要だけれど、それだけではだめだということを、ぜひご理解いただきたいと思います。

鎮守の森は、戦後復興の潜在力の貯蔵庫

宮脇　私は恩師であるラインホルト・チュクセン教授が事務局長をやっていた国際植生学会の大会を、一九六六年に日本ではじめて開催しました。会場は東京の旧経団連会館八階の国際会議場で、常陸宮殿下御夫妻に名誉会長をお願いしました。通産大臣だった三木武夫さんや東京都知事の東龍太郎さんらに、ご来席いただきました。そのとき私は「鎮守の森を都市や世界に」と訴える講演をしましたが、鎮守の森という言葉は英語にもドイツ語にもうまく訳せませんでした。native forest や native trees――つまり土地本来の森や木々といっても、あるいは home forest といっても、鎮守の森という意味にはなりません。講演のあとのディスカッションで、戦時中に事情があって箱根に滞在し、後にドイツの有名なマックス・プラ

ンク研究所の動物生態学部長になったシュワーベ博士が手をあげて、「宮脇の言う鎮守の森は、英語、ドイツ語、フランス語に訳せるような単純なものではない。これは四千年来の日本人の伝統と歴史と文化と、そして日本の自然が濃縮したものである。だから下手に訳さないで、『チンジュノモリ』（宮脇、一九六六）とするほうがよい」と提案してくれました。それで「ツナミ」と同じように、国際植生学会では「チンジュノモリ」が公用語になっています。

私が留学していたドイツの国立植生図研究所のチュクセン所長や副所長のウィルヘルム・ロマヤ博士は、「まだ宮脇は潜在自然植生がよくわからないだろうから」と、三回も日本に来てくれて、いっしょに伊勢神宮や明治神宮の森で日本の植生を調査しました。その後、八〇年代に私がドイツに行くと、土曜日に招かれて食事をご馳走になりましたが、ワインを飲みながら、戦後、日本とドイツは、ものすごい勢いで戦勝国よりも経済的に発展していったが、あの日本人の潜在エネルギーは一体どこから出てきたんだろうという議論になりました。ロマヤ博士が「それは日本の鎮守の森である。鎮守の森こそ戦後の日本再生の潜在的なエネルギーの貯蔵庫だったんだ」と、日本のいわゆる進歩的学者が「鎮守の森」という言葉を避けているときに言ったんです。今でも鮮明に憶えています。

今では明治神宮はもちろん、鎌倉の鶴岡八幡宮などに、欧米や中国からの旅行客が立ち寄り、散策しています。意識する、しないにかかわらず、日本文化の原点と感じているようです。明治神宮は、ジャガイモ畑や練兵場の跡に本物のふるさとの木を植えて、九十年あまりたって都市の緑のオアシス、鎮守の森になっています。

また鎮守の森という言葉も知らない若者たちが、お正月には、明治神宮、川崎の大師さん、鎌倉の鶴岡八幡宮に何万人、何十万人と行きます。神様、仏様を信じる、信じないに関係なく、日本人の心のよりどころになっているのが、ふるさとの木が生えている鎮守の森です。潜在的な魅力というか、引力というか、そういうものがあるのだと思います。そう考えないと、正月三が日に混みあうなか、数十万の人が訪れる現象は説明がつきません。

沖縄で鎮守の森にあたる場所を御願所《うがんじょ》（拝所）、あるいは御嶽《うたき》といいます。一九五八年にドイツへ行く前の半年間、私は招聘教授として琉球大学で研究しました。アメリカの統治下にあったので、公用パスポートで行きました。当時、琉球大学は首里にありました。首里のお城の周りや石垣にも、山の頂上で台風が来たら背後の集落がだめになるような所にも、ちゃんと森が残されていて、アダンやシイ、タブノキなどいろんな木が生えていました。ハイビスカスの親分のような木もありました。信仰の場所である拝所、御嶽には、お花を供えています。またノロと呼ばれるシャーマンがいて、神霊が憑依《ひょうい》して、神託を告げます。それを皆さんが静かに聞き、御神酒を捧げたり拝んだりします。これをただの迷信だと片付けるのではなく、心のよりどころである鎮守の森が育んだ伝統文化と考えるべきです。

中国でも万里の長城の森づくり、上海の森づくりをお手伝いしたときに、周囲のお寺を調査しました。二次的な緑が少し残っていますが、日本ほど意図的に、本物の森として残されている所はありませんでした。そういう意味で、鎮守の森は日本人の叡智だと思います。

石牟礼 赤ちゃんが生まれると、必ず晴れ着を作って着せて、お宮参りをしますね。わが家でも妹や弟が生まれたときは、私もお宮参りについて行きました。

宮脇 そうですね。神も仏も信じない人が、初宮参り、七五三、葬式を、神社やお寺でやりますし、盆踊りもそうですね。ですから鎮守の森は文化の基盤であり、生活の基盤であり、そしていざというときに避難する場所、逃げ道になる。すべての生きものの生存の基盤でもあるんでしょうね。

石牟礼 鎮守の森という言葉も生き返らせなければならないですね。

いま鎮守の森というと、いかにも田舎のイメージで、矮小化されています。

宮脇　かつては、軍国主義のにおいがするからやめてほしいというジャーナリストがいました。もう四十年以上も前、新日鐵の大分製鉄所で郷土の森づくりをやっていたときに、『朝日新聞』の環境問題専門の論説委員が、不可能なところに森をつくるという活動に関心を持ってくれました。私のところにいらっしゃって、「先生はどこで森づくりのノウハウを学ばれたのですか」と質問しました。もちろんドイツで学んだ潜在自然植生の理論ですが、日本には幸い、鎮守の森が残っています。「新日鐵大分製鉄所の近くには、宇佐神宮、柞原《ゆすはら》八幡宮に残っている鎮守の森の木を手本にしてやります」と言ったとたん、顔色が変わりまして、「先生、鎮守の森はやめてください。軍国主義のにおいがする」と。私は四千年来続いた鎮守の森を、一時期、軍部が悪用したとしても、その言葉をやめる必要はない。和歌山県が生んだ偉大な博物学者・民俗学者である南方熊楠《みなかたくまぐす》は、複数の神社を整理合併させる神社合祀政策に反対し悪戦苦闘したけれど、それは鎮守の森を守るためでした。私も鎮守の森というのは日本が世界に誇れる文化であり、日本人の叡智ではないかといって議論しました。結局、彼らは特ダネをボツにしました。

歴史学者で、京都大学名誉教授の上田正昭先生が初代理事長だった社叢学会というのがあり、私も顧問をやっていますが、「社叢」というのは鎮守の森のことです。ではなぜ鎮守の森学会にしないのかというと、まだいわゆる「進歩的」な学者はこだわっているんです。何も鎮守の森や鳥居に罪があるのではなくて、四千年の歴史の中でごくわずかな期間、一部の人たちに悪用されたのであって、それですべてを否定するのはおかしいじゃないかと、私が常々申し上げておりましたら、やっと少しずつ民間のタブー意識が変わって、「鎮守の森」という言葉が復権するようになりました。戦後、私は一貫してこの〝鎮守の森〟という言葉を使いつづけてきました。

2

鎮魂への思い

——石牟礼文学の根底

雑草や野菜に語りかけた母

――石牟礼さんも、現場での聞き取り、取材から、『苦海浄土』にとりかかられたのではないかと思います。また体験、記憶が、石牟礼文学では大きな意味を持っていると思いますが、人生を振り返ってみて、いかがでしょうか。

石牟礼　宮脇先生のお話は、これまでの生涯を総括してお話しくださったと思います。先生は雑草の生態学から研究をはじめられたそうですので、まず雑草に対する私の記憶からお話しします。

私が母について畑に行きますと、母は草に語りかけていました。「おまえたちは太うなったね」と。母にとって、草と自分とは対等でした。

母が病気をしていると、近所のおばさんたちが畑に行く途中で、お見舞いの声をかけてくださいました。「はるのさん、具合はどうですか。畑に何かことづけはありませんか」って。そうすると母は病床から「まだ起き上がれませんので、草によろしゅう言うてくださいませ」と言うんです。母と畑の関係、母と野菜や雑草の関係はみんな対等で、みんな人格をもっているんです。

宮脇　それが本当の農業、自然とのつきあいですね。みんな生きものですからね。

農家と化学肥料、下肥

石牟礼　母は畑を掘り起こすときの土の手応えなども教えてくれました。

その土が変わっていったのを憶えています。チッソができて、金肥、お金で買う化学肥料ができました。それを地元の百姓たちが、めずらしがって一斉に買いました。母は「化学肥料を何年か撒き続けると、土が固くなってミミズもおらんようになって、こら、いかん」と言っていました。

宮脇 はい、おっしゃるとおりで、酸化します。やはり自然の有機物には勝てません。

石牟礼 母もそう言っていました。チッ素系統の肥料は、ダイコン、ゴボウ、ニンジンなどの根菜類に効くと言っていました。アンモニア系統の肥料も、チッ素でできていますが、塩に似てまして、セメント袋みたいなものに詰めてあって、畑の隅や、農家の小屋の隅に置いてありました。ほうれん草などの葉物野菜は、アンモニア系の肥料をかけると早く成長するとも言っていました。

宮脇 チッ素を与えれば、タンパク質の元ですから、一時的にはホウレンソウやハクサイがものすごくよく育つけれど、その代わり土地を劣化させます。

石牟礼　それにチッ素系統の化学肥料を使い続けた野菜はおいしくない。アンモニア系統の化学肥料を使った野菜のほうがまだいい。

宮脇　おっしゃるとおり、まだアンモニア系統の肥料のほうがましです。ただやはり肥料は有機物を基本にしなければだめです。特に果実を作る場合は、チッ素だけではだめで、チッ素・リン・カリのバランスをとらないとなりません。化学肥料、チッ素ばかりやったら、葉っぱ物はいいですけれど、根や実は育ちません。一番大事なことは、有機肥料を使うこと。化学肥料は土壌を劣化させますから、長期間かけて育てる果樹には特に向きません。今は世界の常識になっていますね。

石牟礼　それでわが家では、チッ素もアンモニアも使わなくなったんです。それでよそ様の下肥《しもごえ》を頂戴しました。下肥ってご存じですか。人糞と尿ですね。

宮脇　よく知っています。私の田舎も下肥を使っていました。あれはチッ素・リン・カリのバランスがとれていますからね。

石牟礼 やはり下肥はよかったと、母は言っていました。

宮脇 はい、あるいは牛糞がよいです。

石牟礼 わが家のだけでは足りないので、よそ様の汲み取り口から肥やしをいただきました。

宮脇 それを肥溜めに入れておいて、ゆっくり発酵させる。

石牟礼 はい、肥溜めに汲みいれて、そのままにします。

宮脇 発酵が進むと臭いもしなくなりますからね。

石牟礼 天秤棒で肥桶を二つ担って、チャプチャプさせながら山の畑まで運びましたが、天秤棒が肩に喰い込んで痛かったですね。それに山の畑は坂道ですから、用心しないとチャプチャプこぼれます。それに坂道の角度が急ですから、ズルズルッと後ろの方にずり落ちます。当時のお百姓さんはひっくり返って、すべりこけて、下肥まみれになったという経験を何度もしています。私も一度ひっくり返ったことがあります。幸いそばに水俣川が流れているので、全身、着の身着のままで川につかりました。

我が家は小百姓で、大百姓ではありませんでした。石屋の事業に失敗し家が没落したあと、田んぼと畑と合わせて五反ほどありました。とてもいいカライモができる畑で、私は今でもカライモが好きです。今はからだを悪くして、食べものを制限されていますが、カライモがとても食べたくなって、一昨日、カライモの天ぷらを買ってきてもらいました。丸いイモを厚く切って、天ぷらにするとおいしいんです。それを買ってきてもらって、昨日まで残しておいて食べました。食べたときにいろいろ思い出しました。

畑の中に甕を埋めて、肥溜めを作ります。その甕の中によそ様からいただいてきた人糞を入れて発酵させます。そして簡単な板をふたとしてかぶせておきますが、弟が肥溜めに落ち込んだことがありました。百姓の子どもたちは、肥溜めに一度や二度、落ちています。

そうやって下肥で作ったカライモはおいしかった。ところが熊本に来たら、熊本のカライモはおいしくない。土地を選びますね。

宮脇　そうですね、化学肥料で育てた作物はおいしくないです。

石牟礼　おいしくない、それはわかっています。でもそういうのは理論化できないでしょう。体験ばかりが甦ってきます。

宮脇　甲州ブドウでも、ドイツのライン川のブドウでもそうですが、平地のほうが生育がよくて、大きいのがなるけれど、おいしいのは斜面のほうです。

石牟礼　ほぅ、斜面のほうがおいしいですか。

宮脇　ちょっときびしい条件のほうが生態学的には正しくて、十分ありすぎるのはむしろ危険な状態だからです。

石牟礼　ああ、熊本あたりは平地が広いから、畑の野菜がおいしくないのですね。

宮脇　そうですね。それに今、温室の中で水耕栽培をやっているでしょう。あれはチッ素・リン・カリしか入れませんが、土の中には今の不十分な科学・技術ではわからないミネラルがいろいろあります。水耕栽培ではミネラルが偏りますから、清潔だといってあればかり食べていると危ないですね。イヌでもネコでも家の中で飼っていると、さかんに土をなめますね。今の不十分な科学・技術では、しっかり証明されていないけれども、土の中には生物のいのちを支えるのに必要なミネラルがたくさん含まれているんです。

栄町の記憶の断章

石牟礼　私の家は、没落する前は、栄町で石工業を営んでいました。その栄町の家の隣には飲食店がありました。チッソの会社ゆきさん、今で言えばサラリーマンがよくご飯を食べに行きなさる食堂でしたが、飲み屋さんも兼ねていました。そういう飲食店が栄町の同じ町内に三軒ありました。カフェもありました。いまのカフェとは意味が違いますね。私の家の先隣は「末廣」という遊郭でした。そのまた隣が仕立屋さんで、私の祖父の妹のお澄さまの息子が小倉の仕立屋に修業に行って開きました。男物の洋裁専門の仕立屋は、当時の水俣ではめずらしかった。仕立屋の裏に、親のお澄さまが住んでいました。

私の家には五、六人、若い男の人たちが住み込んでいました。石工修業のために天草から来ている若者たちです。

このごろいろいろなことを忘れてしまうのですが、いまひょこっと〝よこね〟という言葉を思い出しました。性病のことです。〝横根〟とか〝横痃〟と書きます。股間のリンパが腫れることですね。ある日の夕方、私の部屋の隣でドタバタ音が聞こえて、「動くな、押さえてろ」と父が言って、何かただならぬ感じで、「よこね」って何だろうと思っていました。そうしたら「おまえは末廣に行ったな。股を広げて見せろ。おまえたちは足を押さえとれ。けっして行くなって言うてあったじゃろうが」って父が言うんです。「子どもは見ちゃならん」と父が言ったので、だいたい想像がつきますよね。「よこね」は股の間にできるんだと思いました。

末廣の斜め前に豆腐屋と髪結いさんがありました。髪結いさんの妹がサカちゃんというおさな友だちだったので、髪結いさんには毎日上がりこんで、女の人が日本髪に結われるのを見ていました。その先のほうに風呂屋がありましたけれども、一番風呂に行くのは、末廣の妓たちです。それで町内の人たちは、「淫売たちが先に昼ごろに入って、その後に私たちが入らにゃならん」と言って嫌っていました。

今は髪を長くしているのが流行るでしょう。当時は髪を長くしているのは風呂上りの末廣の妓たちだけだといっていました。彼女たちは青いセルロイドの洗面器を持って、洗い髪を風になびかせながら、髪結いさんに入って洗い髪を日本髪に結ってもらってました。妓たちの髪型はつぶし島田といいました。高島田は花嫁さん。そしていいお屋敷の奥様は丸髷。洋髪も流行っていました。洋髪というのは髪を短く切って、焼きゴテをあてます。パーマはなかった時代で、大きな丸い火鉢に火を起こして、そこに焼きごてを入れて加熱しました。髪飾りはベッコウのかんざしがいちばんでした。

代用教員時代

石牟礼 私は小学校を出た後、ほんとうは女学校へ行きたかったんです。だけどそのころには家が貧乏でお金がなかったので、早く仕事に就けるように実務学校に行きました。

母は結婚する前に御殿場の紡績工場で女工だったことがあり、大変楽しかったと聞いています。女工哀史じゃなかった。男は兵隊さんになっていくけれど、女は紡績女工がよかったと。「よかとこばい」って言ってました。関東大震災にあって帰ってきました。母は修養のつもりで紡績女工になり、実際にそれでえらいためになったそうです。東北や北海道からも同じ年頃の女の子たちが来ていて、とても楽しく、秋田から来た女工さんが目の前の機械についていて、お昼前になると、いつも「石童丸」という琵琶歌を歌っておられたそうです。今の若い人は知らないでしょうが、侍の子が高野山に行ってお坊さんになる話で、高野山は女人禁制だった時代のこと、高野山のお寺に石童丸を入れるため、お母さんが途中まで送っていきます。それが琵琶歌になって、流行《はや》ったんですって。それを聞いて母は娘義太夫という琵琶の弾き語りになりたかったそうです。その秋田出身の女工さんが「月にむら雲、花に風」と歌って、歌い終わればたいがい昼休みになる。浩然と歌って、それが昼休みの合図だったそうです。ところが、震災の日は「月にむら雲、花に風」まで歌って、後を歌わないうちにガラガラッときた。そして上からレンガがその女工さんの上に落ちてきて、鼻からも目からも口からも血がバッと出て、その人は目の前でつぶれたそうです。母は助かって、御殿場の人たちからとてもよくしていただいた、兵隊さんたちも助けに来てくれたと言ってました。

母が「道子も紡績に行けば」と言っていましたので、私も実務学校卒業後は紡績に行くつもりでした。ところが通っていた実務学校が、代用教員にならないか、試験にうかれば代用教員になれる、学歴は女学校の人たちより下だけど、いっしょに働けると勧めるので、受験したら受かってしまって、代用教員になりました。女学校は四年まであり、実務学校は三年までだったので、私は県下最年少の代用教員でした。十二歳から十五歳まで実務学校に通って、そのあとすぐに代用教員になりましたので、十六歳の私にはほかの先生たちの話が腑に落ちませんでした。二枚舌を使っているように感じました。ほんとうはなりたくなかったのに、代用教員になって、先生と呼ばれていました。ちょうど太平洋戦争が厳しくなったころです。私と同じ年ごろの若者たちが特攻隊に出て行きました。また満蒙開拓青少年義勇軍というのもございました。小学校高等科の二年を出ると、学校が、満蒙開拓青少年義勇軍に行かないかと勧めるんです。

そのころには水俣でも空襲があり、チッソの上にアメリカ軍の飛行機が飛んできて爆弾を落としました。水俣川を挟んだ向かい側の猿郷《さるごう》にある私の家の近くの田んぼやカライモ畑の上にも飛んできました。母がちょうど畑にいましたが、母を狙って至近距離からアメリカ軍の飛行機が機銃掃射をしていったそうです。

私が最初に赴任した田浦小学校でも、満蒙開拓青少年義勇軍に受かった生徒がいました。田浦というのは水俣から鹿児島本線で熊本方面へ二十五キロメートルほどいったところにあります。

その子が職員室に来て、「満蒙開拓青少年義勇軍に受かりましたので行ってまいります。今日、職員室まで参りましたのは、父が戦死しておりまして、母はおりません。私が行った後には祖父ちゃんと祖母ちゃん、妹と弟が残ります。どうかよろしくお願いします」とあいさつしたんです。私は低学年を受け持っていたので、知らない生徒でした。

田浦小学校には、竹槍訓練が大変好きな先生が一人いました。当時の小学校では授業の時間に、等身大のワラ人形を作って立てて、「エイエイ、オー」と言いながら心臓を狙って竹槍で突く訓練をしていました。その訓練は高学年の五年生からやりますので、私は幸いに竹槍訓練をさせたことはありません。

満蒙開拓青少年義勇軍に受かった生徒は、挙手の礼をして職員室に入り、直立不動の姿勢をとって、先生たちにあいさつしました。そうしたら竹槍訓練の先生が、椅子に腰かけて、足を机の上に乗せて、ふんぞり返って、「なんだ、今のおまえの挙手の礼はなっとらん」と言ったんです。お別れのあいさつをしに来ているのに、それも数えで十六歳の少年が、父親が戦死しており、母親はおらず、「祖父ちゃんと祖母ちゃん、妹と弟が残ります。どうかよろしくお願いします」とわざわざ言いに来ているのに、それに耳を傾けず、挙手の礼の仕方が悪いと言う。そういうのが、学校の方針でもありました。その生徒は自分が一家の柱にならなければならないと考え、満蒙開拓青少年義勇軍に行くと決めたんでしょうねえ。

当時の学校は、家や村や国を反映していました。このことがきっかけとなり、国はどういう村をつくりたいのか、村はどういう人間をつくろうとしているのかなど、国家と家について考えるようになりました。学校では、竹槍訓練で「そこじゃない、心臓はここだ」と殺人の方法を具体的に教えている、戦争というのは人殺しだなと思いました。そして家と国家、戦争とは何か、人間とは何かが、私の生涯のテーマになりました。

代用教員のことを「助教」といっていました。男先生たちがどんどん応召して兵隊になっていったので、女の教員ばかりが残りました。校長先生はお年寄り、教頭先生もお年寄り、竹槍訓練の先生もお年寄りで、学校には男っ気がありませんでした。授業をしていても、校庭から「おっぱいの下を突け」と言う、竹槍訓練の先生の大声が聞こえました。じつにおぞましい。

学校には父兄会があり、父兄会にはボスがおり、先生たちがそのボスのご機嫌をとっていました。それがとても嫌でした。先生は父兄のボスの子を級長にしてご機嫌をとり、父兄のほうも先生を思うようにしたいという欲望があって、それで徒党を組んで学校の行事に口出ししました。このように先生と父兄がお互いに馴れあっていました。学年が変わる時に先生の異動がありますが、それにあわせて懇親会を開きます。そのときは歌ったり踊ったりしましたが、「朝鮮桃太郎」というのを歌って踊るのが好きな教頭先生がいて、それが大人気でした。懇親会には父兄のボスたちも来ました。なぜ「朝鮮桃太郎」かというと、日本語の濁音を朝鮮の人たちがうまく発音できないのを、からかっているからです。「むかしむかし、おちいさんとおぱあさんがおりました。おぱあさんは川に洗濯に、おちいさんは山にたききとりに行きました」と、朝鮮の人たちの発音をまねしながら桃太郎の話をして、教頭先生が踊んなされば、父兄たちが歌います。そして父兄たちが歌わないところは、教頭先生が歌って踊って、背広のわきに刀のつもりで物差しを入れて、桃太郎の鬼退治の時の恰好のまねをします。そうするとやんやの喝采、そういう父兄のボスたちと先生たちの馴れあいが、とても不愉快でした。

私はそういうボスの子を受け持つことになりました。クラスのなかにとてもよくできる漁師の娘さんがいました。その子を級長にしましたら、ボスから、「なんでうちの子が級長にならんのじゃろか」と文句が出ました。

「そんなにおっしゃっても、こっちのほうがよくできます、そして人望がありますす」と言ったんです。そしたら教頭先生から呼ばれて、「なぜあの子を級長にせんやったか」と言われ、「そんなに言われても漁師さんの子どものほうがよくできます。友だちとの関係の持ち方も、非常にいいと思います。あの子は子どものくせに親が偉いと自分も偉いぐらいに思っています」と言い返しました。それで教頭さんと竹槍先生から白眼視されることになりました。

私が受け持ちのクラスに、お父さんが戦死した男の子が一人いて、家庭訪問をしたら、お母さんが逃げだしていました。お祖父さんとお祖母さんが育てていましたが、とても貧乏で、学校に反抗して、職員室の窓ガラスを割ったりしました。その子はとても暴れ者でしたけれども、私にはネコの子のようになついていました。私はそういう子が好きでした。

夕方になり、窓の外の八代女学校から下校する女学生の姿を見とると、まだ女学校に行きたい気があり、セーラー服を着たかったので、涙が出てきました。それで泣いていると、窓ガラスを割った暴れん坊が来て、肩をなでて、「先生、なして泣くと」と言って、なぐさめてくれました。そう言われると、またほろほろと涙が出てきました。私はそういう先生でした。それで先生を辞めたくて辞めたくてしかたありませんでした。国家と個人の関係はいくら考えてもわからなかった。

助教の錬成所というのがありまして、そこでは三か月ぐらい臨時の助教訓練をやりました。錬成所では所長さんがまず気にいらなかった。所長さんは、いい先生になる条件というのを、教室に成績のいい子の絵や書を飾ること、視学の視察がある場合はまず玄関に花を飾って、いらっしゃったらスリッパを真っ先にそろえること、などと箇条書きして、こういうのがいい先生になる、早く出世する条件だと言ったんです。視学というのは今でいえば教育委員でしょうか。私は出世という言葉がきらいでした。

ただ錬成所の講師のなかには、すばらしい先生もいました。音楽担当の斎藤先生は教室に入ってこられると、黒板いっぱいに宮沢賢治の「雨ニモマケズ」を書かれました。そのとき私ははじめて詩というものと出会った気がしました。「寒サノ夏ハオロオロ歩キ」という意味が、最初わからずに、東北は寒いところということはなんとなく知っておったけれど、「寒サノ夏ハ」どうして百姓でもない人が「オロオロ歩」くんだろうと思い、斎藤先生に質問したら、先生は丁寧に答えてくださり、私も宮沢賢治のような人になりたいと思うようになりました。違和感だらけで生きておりましたので、はじめて解放された気がしました。

ほかにも理想主義的な教育論を持っていた徳永康起先生がいらっしゃって、自分が理想とする学校のイメージを持ち、「校長先生には今、山奥の学校におられる井上先生が最適で、六年生の担任は親友の溝辺先生、自分は五年生の担任、一年生の担任は道子先生あなたですよ。来てくださいますね」と語っていました。私も「よろこんで行かせていただきます」と返事をしました。私は先生の話を聞くだけでは満足できず、自分の思っていることを全部書いて、徳永先生に手紙を出しました。その手紙は、徳永先生がとっておいてくださり、先生が亡くなられた後、次女の方が私に送ってくださいました。* この話は『熊本日日新聞』が紹介してくださいました。

＊『不知火おとめ』藤原書店、に収録

徳永先生は三十六歳のときでしたか、校長になられるんですが、それを返上なさって、一生平教員を通され、熱心に教壇に立たれました。それで教え子たちが、大変お慕いしていました。

終戦の翌年、私は水俣川の上流にある葛渡《くずわたり》小学校に転勤となりました。そこの校長先生が偶然ですが、徳永先生のお話に出てきた井上先生でした。姿の美しい校長先生で、姿が人間性を映しているということを、はじめて知りました。ただ私は転勤してから結核に罹り、半年ほど休職した後、退職してしまいました。

取材、記憶、体験

――石牟礼さんが『苦海浄土』を書かれたときの姿勢も、宮脇先生同様、現場第一だったと思います。ただ、いろんな人から話を聴くときに、石牟礼さんは録音もされなければ、ノートもとられませんね。話は聴くだけなのでしょうか。そもそも石牟礼さんにとっては水俣病を調べるということはどういうことなのでしょうか。記憶に基づいて執筆するのでしょうか。

石牟礼　自分の体験ですね。

――話を聴きながら、現場でそれを、自分の中にどういうふうに収めていくのでしょうか。

石牟礼　たとえば、「魚《いお》は天のくれらすものでござす」って、ある場面で登場人物に言わせました。これは祖父が言っていた言葉です。「海の上で、沖の潮で炊いたコメの飯がどんなにうまかもんか、炊いて食べてみたもんじゃなからんば、わからん」というようなことも書いていますが、それも祖父が言っていました。

祖父は没落してすべての資産を失ったとき、最後の贅沢として小さな釣り舟を造ってもらいます。そして世間とは交わりを絶ち、魚釣りに行くようになりました。手漕ぎの舟です。私は祖父の相手をしていたので、祖父がいつ釣りに行くかわかりました。

サバを刺身にしたり、無塩《ぶえん》寿司に調理するとき、三枚に下ろしてから、皮を剝ぎますでしょう。そのとき、フライパンで薄っすらと茶色になるまで炒りあげた塩を、三枚に下ろしたサバの身に振りかけて、しめます。そうすると生の塩サバができます。そのまま三時間ぐらい待ちます。それから固くて食べられない皮を剝ぎます。その皮を一升瓶に貼って乾かします。それを鋏で長三角形に切って、疑似餌にします。その疑似餌を釣針の先にひっかけて、それを何本もテグスにつなげます。

そういう仕掛けをサビキと言いますが、それを祖父が作りはじめると、幼心に、ははぁ、明日は釣りに行くわいなとわかります。それであくる日は、祖父の様子をうかがって、いよいよ出かけるなぁと思ったら、先に行って、舟の中にちょこんと一人で座って待ちます。そうすると連れていかざるをえないでしょう。それで手漕ぎの舟に二人で乗って行きます。祖父も私がついて来るとわかっていますから、短い竹を拾ってきて、釣り糸を結わえて、即製の釣り竿を作ってくれます。それで一人前に舟から糸を垂らしていました。

私を連れていくときは、干し芋《いも》を持っていきました。一人で行くときは、七輪を舟に載せて、薪を積んで行って、ご飯を炊くんだそうです。沖の潮で米を洗って、沖の潮で炊いた飯が薄っすら色がついて、どんなにうまかもんか、話をしてくれました。それをいっぺん食べてみたかったけれど、とうとう食べることができませんでした。

今の沖の潮でコメを炊いてみようかなと思いますが、水銀入りですから。まあ、一釜ぐらい炊いて食べてもなんということはないでしょうけれど、とうとうそれは食べていません。今でも沖の潮を汲んできて炊いてみようかなと思うことがあります。そういう話を聞いていますので、「魚《いお》は天のくれらすものでござす」という言葉が、漁師さんたちの話を聞いていると、私のなかから出てきます。祖父の舟に乗って沖に出ていったときの体験が、創作として出てくるんです。

漁師さんたちの言葉として書いていますけれど、自分の体験で書いています。私の表現です。

鎮魂の思い

――『苦海浄土』では、話すことができない人のところにも、行かれましたよね。あのような場面は、ほとんど石牟礼さんの創作ということになりますか。

石牟礼　ほとんど創作ではございませんが、肝心なところは創作で書きました。

――こう思っているだろう、心の中でこんな話をされているだろうと。

石牟礼　はい。たとえば、坂本清子さんは湯堂にいらっしゃった実在の人で、そのようにして書きました。水俣病のため、手足がねじれて、ひものように自分を縛った姿になってしまい、うめくように話した女性です。湯堂は水俣病が集中的に発生した集落です。わたしが訪ねていったときには、清子さんはすでに亡くなっていましたので、お母さんから話を聞きました。湯堂の海辺の大きな井戸のそばにあった坂本さんのお宅には、大きな桜の木があったそうです。不知火海をはさんだ向こう側には天草の御所浦島があります。その島には水がなくて、わざわざ手漕ぎの舟で湯堂に水汲みにきていました。海から見た井戸の目印は、坂本さんのお宅の大きな桜の木です。

春に向こうの島から湯堂の井戸水をもらおうと思って舟を漕いでくると、桜が咲いていますから、沖のほうから見えるんですって。それで桜の花が春霞のなかでぼうっと見えるのを目ざして、御所浦島から井戸の水を汲みにいらっしゃった。井戸の周りには、村の女の人たちがしょっちゅう集まって、野菜を洗ったり、ザルを洗ったり、コメを研いだりしておられた。御所浦島の人たちは、春になるのが楽しみっておっしゃっていたそうです。今では御所浦島にも水道が行きわたって、汲みに来ることもなくなりました。

湯堂の坂本清子さんは桜がとても好きでした。花の時期になると、こわばった身体で庭にすべくり下りて、こぼれているさくらの花びらを拾おうとなさった。でも指が曲がっているからうまく拾えない。それで一枚一枚花びらを地面にねじりつけて拾おうとするものだから、お母さんが「花もかわいそうに」とおっしゃったそうです。清子さんは水俣病になったことに、何の怨みも言わなかった。たった一つの願いは、桜の花びらを拾うことだった。それで「死んだ清子の代わりに、チッソの人たちに『さくらの花びらを拾いに来てくださいませ』と文《ふみ》を書いてくださいませんか」と、私はお母さんから頼まれました。それで私はずっと水俣病のことを書いています。私はいろんな方からも、チッソの人たちに文《ふみ》を書いてくれと頼まれました。まだ果たしていない。

「清子が死んだあと程なくして、供養にサクラの木を伐って送ってやった。御所浦の人たちは井戸のありかがわかりにくくなり、申しわけなかった」

と、お母さんは涙ぐんでおられました。そのお母さんも亡くなりました。お母さんはめずらしく標準語で話しておられました。あれはどこで習われた標準語だったのか。水俣弁でなくて、きれいな標準語で話しておられました。

坂本清子さんの遺影展が、いまでも時々あります。展示される遺影のなかには、一点だけ、写真ではなく絵描きさんに描いてもらった絵がありま す。美女です。ひものように手足がねじれているから、それを隠すように布団を掛けた寝姿の絵です。

さきほど話しましたように、祖父は晩年、不知火海に手漕ぎ舟に乗って釣りに出かけていました。不知火海には天草からも漁に来ていて、沖で出会います。出会うと、舟同士のつきあいがあって、「水俣のほうは景気はどうかな」と聞かれる。水俣の景気というのは、チッソの景気はいいかということで、天草の人も、チッソの煙突が増えて煙がたなびいていると、「水俣は栄えとるばいな」と思いなさる。その煙突を目当てに、天草から「片平屋根でよかけん、水俣に住みたい」と言いながら、人がやって来たそうです。「片平屋根」という言葉は、水俣に移住しておれば、自分の代ではだめだろうが、子どもの代にはチッソに勤められるかもしれないという気持ちを表しています。

水俣の人にとっても、天草の人にとっても、チッソは希望の象徴でした。そのため水俣の人はチッソに義理を立てていたとおっしゃいます。宮脇先生は、東大出の人たちはなんとなく冷たい人が多かったとおっしゃっていましたが、チッソの幹部は東大出が多うございます。それででしょうか、地元の気持ちがおわかりにならない。それが切ないんです。清子さんの代わりに桜の花びらを拾ってほしいと訴えたお母さんの願いも、桜の木を伐った思いもとうとう知らないまま、チッソは逃げ出そうとしています。

いまでも水俣では、遂げられない願いを抱いた人たちが、水俣病で倒れていきます。魂の行き場がない。そんな人たちのためになんとか言葉を絞りだそうと思っています。

水俣病の現場

石牟礼　初期の患者さんたちは、熊本大学の先生方が原因究明をなさいました。国も県も市も調査したのかもしれませんが、チッソは隠していました。熊本大学の研究班が中間発表をしたときには、セレンとか、タリウムとか、マンガンとかいう元素の名前が出てきました。最終的にアセトアルデヒドの製造工程で用いた有機水銀が原因であるということにたどりつくまで、随分時間がかかりました。製造工程ではリンとか硝酸とか、いろいろ使っています。そういう化学物質は現場の名前でもあり、うちの弟もチッソで働いていましたが、カーバイド係でした。硝酸係というのもありました。硫酸係というのもたしかあったと思います。ふつう市民たちの生活の中にはない物質の名前ですね。私は複合汚染だと思っています。

私の今の症状の中に水俣病患者とそっくりのものがあります。それで原田正純先生に、「私にも水銀が入っていますよね」といったら、「あたりまえですよ」とおっしゃいました。箸を取り落とす、鉛筆を取り落とす、ペンを取り落とす、何か手に持っていたものを取り落とすことがしばしばあって、そして発作がきます。脳の中がじわじわ痺れてきます。手足も痺れてきます。私の身体が揺れているでしょう。私の病気には、マドパーというお薬が効くそうですが、それを飲んでいると身体が揺れはじめます。この揺れが止まった時が発作のはじまりです。全身が硬直してきます。

3

「いのちの森」づくり

「大廻《うまわ》りの塘《とも》」の思い出

石牟礼　栄町の通りから向こう、チッソの八幡残渣《はちまんざんさ》プールまでの広い範囲は、昔「うまわりのとも」と呼ばれていました。「大廻《うまわ》りの塘《とも》」と書きます。「大きい」ということを「う」と発音します。塘《とも》というのは土手のことです。八幡残渣プールには、木を植えられるのかしらと思ったりしました。ここへ行く道を「なか道」といっていましたが、途中に塩浜グラウンドがあります。塩浜グラウンドはチッソの所有地で、そこらへん一帯を埋め立てました。

塩浜グラウンドではチッソの会社運動会をやっていました。私が小さいころは、水俣じゅうの人が塩浜グラウンドに運動会を見にいっていました。その日は仮装行列大会もあって、町民は誰でも参加してよかった。仕事を休んで、私の家でも見にいきました。塩浜グラウンドのそばの畑でもカライモを植えていましたが、塩浜のカライモはおいしゅうないと言っていました。それでブタの餌にしていました。こっちの山のほうにも畑があって、そこのカライモは大変おいしかった。

ここいら一帯は海に張り出して、カメの首のような地形になっていたので「亀《がめ》ん首《くび》」と言っていました。排水をこっちの方に流しておりました。大砲の筒口みたいな排水口からどろどろしたものを流しているのがテレビによく出たでしょう。そのどろどろした排水で海の色が変わり、それがどんどん広がっていきました。最初に杭を打って、板を何枚もつないで歯止めにしましたが、汚水は板と板の間からこぼれ出ました。そして内側が干上がってくると、また先の方を埋めるというやり方で埋め立てていきました。

私はなぜか栄町にいた四、五歳のころから大廻《うまわ》りの塘《とも》に行く道を覚えていて、ひとりで田んぼの中を通って、遊びに行っていました。そこはススキの道になっていて、アコウやツバキの木が生えていました。ススキの道は大変いい海への道で、所々に船がつないでありました。

アコウの木は気根を伸ばしてほかの木に巻きつき、絞め殺してしまいます。それで、絞め殺された木の部分が洞《うろ》になっており、必ず竜神様が祀ってあり、それを子どもなりに拝んでいました。そして所々に大きなツバキの木があり、海辺に花が落ちていました。

大廻《うまわ》りの塘《とも》には石垣が積んでありました。当時の石垣は斜めに積んであり、子どもが裸足で、石垣の上を横切って行けるようになっていました。長い長い堤防です。私はその道を通る時、キツネになりたくて、こうしてトントンと跳んで、キツネになりますようにとお願いして、時々ふり返って、尻尾が生えてこないかなと思っていました。しかし尻尾は生えてきませんでした。

そこにはたくさんの妖怪たちがいたらしい。私の家が没落して、栄町から水俣川の河口近くに移っていきましたら、その集落の人たちがめずらしがってよく遊びに来て、年寄りたちがいろんな話をしてくれました。隣のおじさんは、「俺が見れば、一目でどこのキツネかわかる。キツネの顔は場所によって違う。あんたげの家の後ろの猿郷のキツネはネコに似ておる」と話しました。家の後ろというのは、今日いらっしゃった家の後ろの小高い丘のことです。おいしいカライモがとれる畑でした。キツネの巣穴がいっぱいありました。

八幡残渣プールのあたりにあった船着き場を、船津といいました。八幡様のあたり一帯は沖縄から来た人たちの集落で、そこの人たちの話し言葉のアクセントは周りと違います。それで船津のキツネも船津弁で鳴くし、顔も違っていたそうです。

宮脇　八幡残渣プールあたりにも行ってきました。石牟礼さんのお祖父様の吉田松太郎さんが鳥居と狛犬を造った八幡神社にも行って、写真を撮りました。

石牟礼 狛犬は、牙のあいだに玉を含んでいるでしょう。あれは口を彫ったあとに、外から玉を入れるのではなく、口を彫るときにノミで彫り出します。牙を欠かないように玉を彫り出すのは、名人でないとできない。石工は、水ごりをとって玉を彫り出したそうです。

「いのちの森」

宮脇 海辺は最高の場所ですね。東日本大震災の後、高台に集落を作るようにと政府は言いますが、海岸沿いは生態系も豊かで、海の幸、山の幸があり、土地も肥沃ですから、やがては戻って来ます。しかし災害は、物理学者で随筆家の寺田寅彦が言ったように、忘れたころにやってきます。

美しい日本の国土は、世界で最も自然災害が多い場所でもあります。ですから、何があってもすべての生きものが生き延びられるような環境づくりを、できることから足もとで進めたいと願い、いのちの森づくりに自分の限られた余生をかけているつもりです。

昔の人は、〝海を汚したら罰があたる〟という宗教的な観念を利用してきたんじゃないかと思います。私は、水俣に鎮守の森をつくろうというのは、その願いと矛盾しないと思いますが、「進歩的」な人たちのなかには反対者がいるかもしれませんね。

石牟礼　鎮守の森という言葉ですと、意味が狭められる感じもします。

宮脇　それはたしかに。一部には、神様、仏様がいなければ鎮守の森ではないと、「鎮守の森」という言葉の意味を狭くとる人がいますね。私たちの本だったら、私たちが責任を持って「鎮守の森」という言葉を使えばいいのですが、森づくりに向けて、住民の皆さんが全員納得というわけにはいかない。この言葉を前面に出すのは時期尚早かも知れませんね。

石牟礼 もうちょっとわかりやすくしたほうが良いように思います。「いのちの森」ではどうですか。

宮脇 すべての生きものがいのちをもっているわけですから、「いのちの森」だと広くも狭くも解釈できますね。

石牟礼 いのちが疎かにされている今の時代だからこそ、この名前が響きます。

宮脇 おっしゃるとおりです。なぜ日本で毎年三万人近くも自殺するのでしょうか。五百万年の人類史のなかで、夢にも見なかったほど、モノもカネもエネルギーも有り余っていながら、動物の世界ではあり得ないような家庭内暴力や学校でのいじめ、そして自殺や人殺しが現在の人間社会では多発しています。どこかがおかしくなっています。

石牟礼 たしかにそうですね。

宮脇　動物の世界でもやらないことを、人間社会ではやっています。よほどでなければ、自殺する動物なんていません。「鎮守の森」という言葉をすなおに受けとめられないくらい戦後、日本人の心は荒廃し、失われました。外国の人のほうがよほどよく理解しています。

いまの不知火海

石牟礼　不知火海の生きものは何もかも減ってしまいました。恋路島のアワビは右廻りに移動し、昔は夜にその音が聞こえるほどたくさんいたそうです。今ではアワビもとても減りました。

水俣の海について不思議な話を聞いたことがあります。

最初、私の家で「不知火海百年を語る会」というのをはじめ、患者さんたちに来てもらって、漁の話だけでなくて、不知火海の百年を思い出して語ってもらいました。そのうちに患者さんの参加が増えて、「本願の会」というグループを作って、『魂うつれ』という冊子を出しています。その中心になっている緒方正人さんは最初、裁判を起こそうとしていました。ところが、「裁判はやめた」と下りなさった。それで考えに考えて『チッソは私であった』（葦書房）という本を書かれました。自分がチッソ側の人間であったら、自分も今のチッソのようになったかもしれないという意味の本です。緒方さんが六歳のときにお父さんが劇症型水俣病で亡くなられました。幼いころ、お父さんがとてもかわいがってくださり、あぐらの中に入れて、額と額をくっつけて、「魂うつれ、魂うつれ」っておっしゃっていたそうです。緒方さんの一族はほとんど水俣病患者で、三十人ばかりいらっしゃいました。緒方さんを中心に、年に四回ぐらい「本願の会」に集まります。

その会に集う方に紙を漉《す》いている金刺潤平さんがいます。金刺さんは静岡県の人で、水俣病に関心をもって若い時に水俣にやって来ました。それで仕事がないとおっしゃるもので、「紙を漉いたらどう」って言いましたら、本気になって紙を漉きはじめて、今では立派な和紙を作っています。金刺さんは時々海にもぐって、透明度を計っていますが、透明度が最近、とても高くなったそうです。私はこのところ十年ぐらい海に行っていませんので、状況がわかりませんから、「透明度が高くなったってどういうこと」って聞きました。そうしましたら不思議なことを言いました。透明度が年々高くなっており、海中では岩石がむき出しになっていて、岩石が海中の岩石の色をしていないと。見てみないからわかりませんけれど、チッソが出した毒物だけでなくて、地上には毒があふれていて、そういうものが海には流されてくるでしょう。それで濁りが深くなったというならわかるんですけれど、透明度が深くなったそうです。岩についているいろいろな貝類がいなくなったからのようです。

漁をしようと思って海の景色を眺めると、見かけは大変牧歌的です。五枚の帆を張った船が、女島《めしま》の沿岸に漁に出ますが、風物詩のようにきれいです。ところがその船を出すのに、エンジンの燃料代にするほどの魚も獲れず、船を出すたびに赤字になり、それで漁をやめてしまったそうです。

宮脇　海辺に貝がいないというのは、陸上から有機物が入ってこないということです。通常は陸上から入ってくる有機物が分解して植物性のプランクトンがそれを吸収し、つぎにそれを動物性のミジンコなどのプランクトンが食べて、さらにそれを小魚、小エビが食べていきます。これを食物連鎖といいますけれども、この連鎖によって海が豊かになります。

石牟礼　いえ、豊かでないんです。

宮脇　陸上から有機物が入らないで、むしろ有害なものが入って来て、海の生物がみんな死んじゃった、そういう意味できれいになったと言うんですね。

石牟礼　そうだと思います。ただ実際にどうなっているのか、私も海の底を見てみたいですね。

自然の生物多様性と共生

宮脇　有害物質が入ってきたとするとよくわかります。たとえば熱帯雨林のボルネオやアマゾンに行って、夜は静寂かと思うと、大騒ぎで、新橋駅のガード下よりもうるさくて、バリバリ、ガリガリ、葉っぱを虫が食っている音がします。時間によって虫が葉っぱを食べている音がちがうから、三か月も木の上で寝てると、今何時かわかります。ですから、ボルネオの熱帯雨林で虫に食われていない葉は一枚もない。それが自然の生物多様性というものです。ということは何千株、何万本と作るハクサイやダイコンに、一つも虫の食ったあとがないというのは、いかに農薬の毒の中で作っているかということです。

私が留学していた人口五千人のドイツのストルチェナウという町には高校がありません。小学校四年から九年制の町の高校へ行って大学へ行くか、そうでなければ四年制の中学校へ行って職業学校に行って親の仕事を継ぐ。そういうところです。今でも正確に憶えていますが、一年ぐらいたった秋、小さな郵便局に行った帰りに、高校に行かずに中学校に通っていた女の子が二、三人、リンゴを食べながら、ぷっぷっと吐いているから、何をしているのか聞くと、「虫を吐いている」と言います。私はつい「ドイツは野蛮だね。日本はドイツからリンゴの原種を入れたけれど、日本のリンゴは虫なんか一匹もいない」と言ったら、「ドクター、あなたは生物学者でしょう、なぜそういうことを言われますか。虫が入っていたら吐き出せばいい、虫が一匹もいないのは、いかに農薬が入っているかということです」と言い返されました。高校に行かない、中学校の一年生と三年生の女の子が、町でたった一人の日本人で、町長と同じくらいに有名な植物学者、ドクター・ミヤワキに堂々と反論しました。そのような教育を、どこで誰がやったのかとびっくりしました。

私はアレクサンダー・フォン・フンボルト財団の資金で行っていました。日本からは二人か三人で、全部で百五十人くらいいましたが、ドイツ政府は国内を国費で回らせてくれました。それでチバという抗生物質で有名な化学薬品会社（現ノバルティス）の工場に行きました。化学が専門の者には、工場見学は認められませんでしたが、われわれは全部見て、営業部長と食事しながら、なんでも質問してくださいと言ってくれました。

私は、学会の前などに扁桃腺が腫れて熱が四十度くらいになると、よしきたと、チバの抗生物質を飲んでいました。飲むと、ふらふらするけれど、熱は下がって何とかなっていました。ドイツでも扁桃腺が腫れたので、薬局に行って抗生物質を買おうとしたら、医師の処方箋がいると言われました。それで、町に一人いた内科の老医師の診察を受けに行きました。私は町で唯一の日本人で有名でしたから、医師は丁寧に診てくれました。「扁桃腺が腫れているけれど、薬局が抗生物質を売ってくれない。ともかく処方箋を書いてくれ」といったら、診察しながら、「ドクター・ミヤワキ、この程度で死にはしない。この程度のことで、毒物である抗生物質の処方箋は書けない」と言います。いろいろ議論して、「じゃあ、下宿の奥さんに話して、氷まくらに熱い湯を入れてもらって、身体の下に入れて、毛布をいっぱいかけて、汗を出して寝なさい。一晩で治るから」と言われました。そういう経験があったので、営業部長に、「抗生物質をたくさん開発していますね。日本では非常に高価な貴重品だけれど、どこに輸出しているのですか」と聞いたんです。そうすると、「開発途上国と、ヤーパン（日本）」という答えが返ってきました。他の国からの留学生は笑っていました。

生物多様性とはそういうことなのです。日本人は、農薬や抗生物質に頼って、その生物多様性を軽視してきました。昔は回虫がおなかの中にいっぱいいまして、虫下しの海人草《かいにんそう》という海藻を小学生の時に飲まされました。

石牟礼　飲まされました。

宮脇　そうしましたら、お茶碗一杯ぐらい回虫が出てくることもありました。今は、そんなことはありませんが、かえって危険です。生物社会では、いやなやつともがまんしながら共生するほうが、生態学的には正しいのです。

石牟礼　大廻《うまわ》りの塘《とも》の生きものをチッソの汚泥で殺した埋立地に、森はつくれるでしょうか。

4

水俣に、森をつくる夢

土づくり

宮脇　森づくりには、土づくりが大事です。あの土にそのまま植えたのでは根づきません。周囲の残土や、毒を取り除いた瓦礫などを混ぜながら、土壌条件を整えて、ほっこらとした隙間のあるマウンドを築いてやります。金魚でも酸素をやると同時に餌が必要なのと同じように、植物はチッ素、リン、カリといった養分が必要です。そのうちリンとカリは一度に外から与えても、雨ですぐに流れていってしまいます。枯草菌《こそうきん》が有機物をゆっくり時間をかけて分解して、それが水に溶けてミネラルになったのを浸透圧で植物の根が吸収して、木や草が育っていくのが本来の姿です。土壌に隙間ができると酸素が入り、酸素が土壌にあれば枯草菌などの細菌が生息します。そこに土地本来の木の苗を密植すると、まず二、三年は根が呼吸

（エアレーション）しながら伸びます。苗を植えて、十年たったら立派な森になります。

ふつうは土の深さで、二十センチメートルあたりまでしか生きものはいません。それより下には、ほとんど生きものはいません。酸素がないからです。地表から十センチメートル、二十センチメートルがいのちの塊です。そこで東日本大震災後に植樹を行った場所では、根がしっかり伸びて呼吸し、養分を吸収できるように、五メートルも六メートルも掘り起こして、ガレキを入れて、ほっこらとした土壌を作りました。

話は少しそれますが、海の中には、空気が溶け込み、太陽光が入りますから、水深数十メートルあたりまで、藻類が育ちます。上層には緑藻類、その下に褐藻類、紅藻類と続きます。それより深いところには植物はいません。ただ動物は、今までの調査研究では一万メートルまでいるようです。海中のヨウ素化合物を食べて息をしています。だから有機物があります。

一万メートルより深いところはわかっていません。

大気圏で、ほとんどの生物がいるのは、地表に近いところ、地際《じぎわ》です。野鳥が高いところを飛んでいても、せいぜい四百メートルか、五百メートルです。だからこの地際が、生物圏にとって一番大事な空間です。

日本の「潜在自然植生」

宮脇　八幡残渣プールの埋め立ての現場を見ましたが、森づくりはうまくいくと思いますよ。非常に使いやすいところです。土地の所有関係がはっきりして、森づくりをやってもよいということになれば、対岸の恋路島と同じような森をつくれると思います。恋路島はまだ現地を見ていませんが、対岸から見たところでは、ああいうもくもくした森は土地本来のタブノキ、スダジイ、アラカシからなる本物の緑だと思います。

今、日本人、一億二千万人の九二・八パーセントが住んでいるのは、潜在自然植生が常緑広葉樹――冬も緑で、葉の広いシイ、カシ類、タブノキなど――の地域です。沖縄からずっと、太平洋岸では釜石の北の岩手県大槌町あたりまでがそうです。大槌町では、町長をはじめとする多くの方が二〇一一年三月十一日の津波で亡くなりましたが、そこの森の再生も手がけています。日本海側では、飛島が酒田沖の北にありますが、さらに北の秋田県南部まで、常緑広葉樹の地域です。九州でも祖母山《そぼさん》、傾山《かたむきやま》その他の九百メートルから上は、冬は寒いから、落葉広葉樹のブナ、一部ミズナラですが、その下はほとんど常緑広葉樹です。

石牟礼　これはタブノキの葉ですか。クスノキに似てますね。

宮脇　これはアラカシです。こちらがタブノキです。タブノキは火防《ひぶせ》木《ぎ》で、今度の東日本大震災でも、伊豆大島の土砂崩れでも、ちゃんと生き残り、いのちを守りました。また一九七八年、山形県酒田市で一千七百棟余りが焼失する大火災がありましたが、本間家という旧家にこのタブノキが二本あり、そこで大火が止まりました。「タブノキ一本、消防車一台」と言われています。

折口信夫先生が、能登のタブノキの写真を、昭和五(一九三〇)年に刊行した『古代史』第三巻の口絵に載せられました。お弟子さんの慶應大学の池田弥三郎先生はその意味がわからなくて、東大の前川文夫教授に「それは横浜国大の宮脇君に伺うように」と言われて、私のところに来られたことがありました。そのとき、「この木が日本文化の原点です」と申し上げました。タブノキは、人間が生活するのに一番良い所に生えていましたから、最初に伐採されて、田んぼや集落になって、今ほとんど残っていません。

もう少し急斜面のところですと、タブノキに代わってアラカシやスダジイが生えてきます。シイ、タブノキ、カシ類が、いわばいのちを守る、防

災環境保全林の三役です。阪神淡路大震災でも、東日本大震災でも、あるいは二〇一三年の伊豆大島の土砂災害や、阿蘇の集中豪雨の崖崩れなどでも、多くの人が亡くなったり、家がつぶれたり、川が埋まったりしましたが、チュクセン教授に学んだ潜在自然植生の主木群、つまりその土地本来のタブノキ、シイ、カシ類は生き残っていました。それで、土地本来の森づくりという考えを一歩進めて、いのちを守る森づくりに取り組んでいます。誰にも相手にされなかったことが、やっと二〇一四年に内閣で審議され、衆参両院を通って、五月から国家プロジェクトとしてやることになりました。

石牟礼　タブノキははじめて見ました。これはヤブニッケイやクスノキの仲間ですか。

宮脇　同じクスノキ科の木ですが、においはしません。同じような場所に生えるヤブニッケイは、少しにおいがします。昔、タブノキは線香にも使っていたそうです。

石牟礼　おだんごのお座布団には、ニッケイの葉を使っていましたね。

宮脇　水俣にある徳富蘇峰・蘆花の生家の母屋は、タブノキ造りです。大きな柱から小さな部材まで全部タブノキです。昔からわかっている人はわかっていたんです。今はアメリカの2×4《ツーバイフォー》工法になって、いわゆるエコロジカルな偽物を使って家を造っています。

これがシイノキで、葉っぱが裏白です。東京都港区の白金台にある自然教育園には、二百五十年前に植えられたスダジイ、シイノキが今でも残っています。天然記念物です。そしてカシ類には、シラカシ、アラカシ、ウラジロガシ、イチイガシ……といろいろありますが、アラカシは京都の御所にも植えられていて、大木になっています。

石牟礼　どんな実がなりますか。

宮脇　いわゆるドングリがなります。こういう木を植えれば、森のシステムで個体の交替を行いながら、次の氷河期までの九千年間保ちます。火事、地震、台風、津波、竜巻にも強いこれらの樹種で、水俣でも森づくりができたらいいなあと思います。

これがヤマモモです。これはこの施設の入口にありました。ヤマモモは、オスの木とメスの木があり、いっしょに植えないと実がなりません。食べることができるイチゴのような実がなります。これがイスノキで、奄美大島に多く、関東以北には存在は確認されていません。実がなります。

石牟礼　私たちはユスノキと呼んでいます。

「大廻《うまわ》りの塘《とも》」に生えていた木々

石牟礼　先ほど話しましたように、「大廻《うまわ》りの塘《とも》」には海の潮を吸って生きるアコウという木がありました。ご存じでしょう。沖縄のいわゆるガジュマルの仲間です。

宮脇　よく知っています。亜熱帯性の木で海岸に生えてますね。八重山にもヤエヤマヒルギがあります。

石牟礼　海岸には、アコウの苗と椿の苗を植えたい。

宮脇　たくさんあったでしょう。マングローブは無理ですが、バックマングローブのハスノハギリなども、水俣の海岸本来の木だと思います。それと本州から続いているシイ、タブノキ、イチイガシ類などのカシと混ぜて植えれば、潮水にも耐えます。

恋路島の植生を調べて、どんな木が、自然災害にも、チッソの公害にも耐えて生き延びたかがわかると、何を植えればいいかも明らかになります。その土地で何千年も何万年も生き残った本物の森ですからね。よそ者の木を持ってきて植えても、自然災害や人間の影響を受けてすぐだめになります。

石牟礼　植樹には、土地に生き延びてきた植物をいろいろ用いるのですね。アコウの梢からは、気根が海に向かって伸びています。木の梢というのは、川の源流ですね。

宮脇　なるほど。アコウは土の中の酸素が十分にとれないときに、大気の湿度が高いと、気根を伸ばしていき、空気中の酸素を摂取します。西《いり》表《おもて》島にはサキシマスオウといいまして、バックマングローブを構成する木があります。マングローブの後ろ側にある木は、みんな気根があります。

石牟礼　気根は他の木に網のように巻きついていることもありますね。この木をずらっと植えたい。

宮脇　実際の森づくりでは同じ木だけを植えてはだめで、このアコウと競争しながら、がまんして共生できる樹種を混植します。

石牟礼　私は木をたずねて回ったことがあります。瀬戸内海の祝島《いわいしま》にも行ってきました。鹿児島のクスノキの大木も、沖縄のガジュマルも見に

行きました。与那国島にも行ってきました。

宮脇 そうですか。よく見ていらっしゃいますね。

われわれが調べた九州の現存植生図と潜在自然植生図があります。自然は恥ずかしがりでなかなかほんとうの姿を見せませんが、現場に行くと必ずかすかに、鎮守の森とか、祠の森とか、海岸の森とか、岬の森とか、沖縄では御嶽《うたき》の森とかがあり、アコウ、タブノキ、スダジイ、カシなどが生えていることが確認できます。

ムサシアブミ、タブノキ。タブノキが中心で、アコウやアダンがごく一部ですけれど、生えています。海岸沿いには潮水が強いからもちろん植える樹種に入れます。

ミミズバイ、スダジイというのは、大変多くの種類の国際的に登録した群集名です。ミミズバイ、スダジイ、タブノキ、カシ類が中心の植生です。

ただ五十万分の一の地図ですから(『日本植生誌』全十巻所収)、クジラを獲る網のようなものです。本物の森づくりには、ジャコを取るような網で現地を調べる必要があります。ほんのわずかな地形のちがいでも植生が変わります。

何もしないで五百年放っておけば、クレメンツのいう遷移《せんい》によって、もとの植生に戻ります。ただ五百年は長すぎますから、これを三年、五年、五十年で、限りなく自然に近い森に再生するのが森づくりです。

最後の氷河期が去って九千年この方、多少寒暖の波はありますが、気候はほぼ同じ。縄文時代は森が神様で、猛獣におののきながら木の実を拾ったり貝を拾ったりして、生き延びてきました。それが縄文時代から弥生時代にかけて定住化が進み、農耕生活をするようになりました。あちこち行かなくてもいいように、アワ、ソバ、キビなどを栽培するようになったわけです。二千六百年ぐらい前に中国大陸からコメのなる草が伝わり、川沿いの土地をならして水をためて、コメのなる草を栽培するようになりました。そうするとそれまで神様だった森がじゃまになってきました。それで森を伐ったり焼いたりしました。世界的には家畜の放牧で森がだめになりました。日本は四足の家畜を食べなかったので、二次林はけっこうありますが、本来の森は少なくなりました。ただ鎮守の森、山の尾根筋、岬の突端には、限りなく自然に近い森が残りました。こういう自然が発しているかすかな情報を読み取って、もし人間の影響を今全部ストップしたらどのような植生が現れるか、素肌素顔の本来の潜在自然植生が何であるか。これを探求するのが私の専門です。

わかりやすく言いますと、今日本人が住んでいるほとんどの場所は、シイ、タブノキ、カシなどの常緑広葉樹の森でした。頻繁に洪水のある川沿いは、ヨシやツルヨシが生えていました。その森が、数千年来、最初は少しずつでしたが、現在にいたるまで大規模に破壊され続けています。場所によっては二週間前にブルドーザーで破壊されたところもあるでしょう。

森が破壊された場所で最初に育つのは、パイオニアと言われる先駆植物です。すぐ育って、すぐだめになります。マツは裸地に道路をつくると、いっせいに芽を出しますが、長持ちしない。マツクイムシで枯れ、火事で燃えてしまう。中国地方の私の郷里の岡山県などでも、台風、地震が来ればすぐマツは倒れてしまいます。それくらい根が浅い。

植物進化の歴史と、植生に対する人間活動の介入

宮脇　中学校でも学ぶことになっている植物の進化からいえば、被子植物は、胚珠が心皮に包まれ子房のなかに収まっているので、環境変化に強い。葉の広い植物です。進化が一段階前の裸子植物は、スギ、ヒノキ、マツなどの針葉樹や、ソテツやイチョウなどのことですが、胚珠がむき出しになっています。その前の段階が石炭・石油のもとになったシダ植物で

す。三億年前は今と同じように、氷河期と氷河期の間で高温多湿で、シダ植物の大森林ができて、それが光合成で炭素を吸収して、次の氷河期に土に埋まって、三億年間バランスがとれていました。その三億年の間に地熱や地圧で石になったのが石炭、液体になったのが石油、気体になったのが天然ガスです。それを十九世紀の終わりから、人類は化石燃料として燃やすことを覚えた。燃やせばもちろん、あっという間に化学反応を起こして、空中の酸素と化合して二酸化炭素となり、その二酸化炭素に温室効果があるので、地球温暖化といって大騒ぎしているんです。

裸子植物の一つであるイチョウの原生の自然の木は、日本には一本もありません。みんな植えたものか、二次的なものです。中国の高山で、私は原生のイチョウを一本だけ見たことがあります。千メートルの岸壁で、他の植物が生育できないようなところに根を張っていました。

自然条件の良い場所にはスギ、ヒノキ、マツが植えられたり、田んぼや畑や都市になったりしており、自然条件の厳しいところに原生のイチョウが残ったのです。

日本でも同じで、原植生は尾根筋や岩場や水際にしか残っていません。だからタブノキはあまり見たことがないでしょう。シイやカシぐらいはあるでしょう。それぐらい、「日本文化の原点」と折口信夫が言っていたタブノキが、ほとんどなくなってしまっています。しかし、原植生のものは、どんな災害にも耐えて、残っています。

「瓦礫を活かす森の長城プロジェクト」

宮脇　これらの、冬も緑である常緑広葉樹は、三メートルも五メートルも、深根性、直根性の根が伸びて、しかも常盤木《ときわぎ》ですから、火防木になります。こういう樹種で「緑の壁」を造りたいですね。これまで国、とくに国交省は、コンクリートのような「死んだ材料」しか使いませんでしたが、東日本大震災で津波の被害にあった海岸線に緑の堤防を造るということが、やっと国会を通りまして、国交省も「生きた材料」を使うことになりました。そのため国交省の海岸室長が、本省から私のところに来て大騒ぎでした。

はじめに国交省が持って来た案は、「宮脇方式」を理解していませんでした。「宮脇先生のやり方でやって、これを発信する」と、ここまではよかったのですが、国交省はわかっていなかった。最初、スギか何かの針葉樹を、間隔を空けて植えた絵を持ってきました。隙間が広いと、音もにおいもガスも津波も通ってしまいます。そうではなく緑の壁をつくる。密植、混植です。生物社会は競争しながら少しがまんして共生しているでしょう。植樹するのはシイ、タブノキ、カシ類を基本とする常緑広葉樹です。すでに仙台平野は五十キロ以上も、何千億円か何兆円か使ってコンクリートの壁をつくっています。これを壊すわけにもいきませんから、その陸側の法面《のりめん》に、有害物質を除いた瓦礫を地球資源としてマウンドを築き、植樹すると、根は息をして、ほっこらとした土になります。

鉄筋コンクリートの壁を造っていないところは、全部緑の壁にしようとしたんですが、国交省にはコンクリートを主導する御用学者がいらっしゃいます。その人たちの顔を全部はつぶせないから、海の方はコンクリートにし、陸の方はエコロジカルな宮脇方式にします。残土を入れて盛り土し、そこに小さなポット苗を植えれば、十年で緑の壁になります。

ご存じのように釜石港のコンクリートの防潮堤はギネスブックに載るほどで、水の中に二十六メートル、上で八メートル、幅二十メートルで、開口部を含め長さ二千メートルもありましたが、津波がバッと来て、コンクリートの壁がエネルギーを倍にして、引き波が陸側から防潮堤を壊して、千人もの人が亡くなりました。ところが密植した緑の壁ですと、ちょうどカーテンのように適度な隙間がありますから、エネルギーは半分に減ります。

福島の不幸な原発事故では、稼動から四十年たった原発が地震には耐えたと言われています。ただ水をかぶって、台風の水なら大丈夫だったけれど、十五メートルの津波の海水がきて、停電し、世界を揺るがすような状態になってしまいました。もし私が提案するように、瓦礫を使ってマウンドを築いて、二十センチのポット苗を植えておけば、根が充満してマウンドをしっかりとつかみ、木が育っていきます。このようにして二十メートル、マウンドを入れて二十三メートル、二十五メートルの緑の壁をつくっていれば、十五メートルの津波がきても、隙間があるから、エネルギーが半分に減ります。津波はしょぼしょぼ入るかもしれないけれど、その間に対応できるし、あの屋根を壊すことはなかったはずです。

今、こういう森をつくっています（本書四五頁の図を参照）。シイ、タブノキ、カシ類を中心に、三十から五十種類ぐらいを混植、密植します。大きな木を植える必要はありません。根の充満したポット苗を植えておけば、根が出て、上が伸びます。

細川護熙さんもご協力くださって、基金をつくって、瓦礫を使った森の長城づくりを進めています。「瓦礫を活かす森の長城プロジェクト」（現在は「鎮守の森のプロジェクト」）です。これまでに七千人で七万五千本植えました。あと十万本植えます。

水俣の森づくりの夢——「森の下にはもう一つ森がある」

宮脇　水俣でも、こういう災害を防ぐ森を海岸沿いにつくれたらいいなあと思います。石牟礼さんのおっしゃる昔の農家は、みんな森で囲まれていました。その森によって日本人は何千回もあった自然災害に耐えて生き延びてきました。

石牟礼　水俣川の河口は、全部コンクリートの土手になっています。

宮脇　今は二面張りで、中までコンクリートにしているところもあります。だからせめてコンクリートの後ろ側にこういう森をつくれたらと思いますが、東日本大震災の被災地の海岸でも、国交省は、はじめはだめだと言っていましたが、やるのを了承しました。津波の危険性は、九州、沖縄、日本海側にもあります。美しい日本の国は、自然災害の多い国でもあります。死んでからでは遅すぎます。日本人は四千年この方、新しい町づくりには必ず鎮守の森をつくってきました。それがお祭り広場や遊び場であり、いこいの場であり、弔いの場であり、いざという時にはシェルターの役割をはたしました。

石牟礼　緑の壁づくり、大賛成です。このままではコンクリート列島になってしまいます。私が海辺にいて感じますのは、海と山が呼吸しあって、生類《しょうるい》が生きてきたということです。人類という言葉は使いたくない。生類と言いたい。そういう列島に戻さなければならないと思います。

宮脇　そうですね。人間も生きものの一員ですからね。人間だけが特別だと思ったらまちがいです。生類も海も山も川も生きていけるような環境を、たんに取り戻すのではなく、新しく創出したいですね。それに向かって、できることからはじめたいですね。そのとき大事なことは、管理しなくてはならない緑は、土地に合わない木で化粧しているということです。背骨の緑は下手な管理をしない方がいい。ところが水俣湾埋め立て地の一角で以前、毎日新聞社の協力を得まして、植樹祭をやったんですが、今日、行ってみると、わざわざ管理費をかけて、下草を全部切って、すけすけにしていました。ドイツ語には「森の下にはもう一つ森がある」という言葉があるように、下層の低木や下草が上層の森を支えています。それを造園業者に丸投げしたため、造園業者はわざわざ低木や下草を全部切ってしまっています。これでは上の木も育ちません。業者に丸投げしてはだめです。

水俣は、二十世紀文明の崩壊と再生の遺跡

石牟礼 水俣は、二十世紀という文明の遺跡だと思います。

宮脇 そうだと思います。ただそれを憂うだけではなく、危機はチャンスと考え、皆さんが森づくりに取り組んでいただければと思います。

栃木県の足尾銅山鉱毒事件では、明治時代に田中正造がたいへん苦労しました。鉱毒ガスと酸性雨で、付近の山は現在でも、はげ山です。森を回復することなんてとてもむりだと言われていましたが、十年前からＪＲ東日本の労組の皆さんも協力してくださって、植樹をはじめました。植樹したところは、今では十メートルの森になっています。毎年の気候条件は変

わっていませんので、五百年放っておけばそのまま豊かな森になります。しかし人間が伐ったり焼いたり干渉すれば、いつまでたっても森は育ちません。ケガをしても、放っておけば治るけれど、かさぶたを取ればいつまでも血が出るのと同じです。今、日本じゅうが破壊されていますが、足尾銅山をぜひ一つの先例と考えていただき、水俣の皆さんにも、何があってもいのちを守り、豊かな生活を守る森をつくり、世界に発信する実例をつくっていただきたいと思います。永年、水俣病患者の方に寄り添われた石牟礼さんや住民の皆さんのお力でやっていただけるのなら、私は黒子として、これまでの経験をもとに、本物の樹種の選択、苗作りなど、責任を持ってやります。みんなで苗を植えて森をつくりませんか。本命の樹は、根がまっすぐに深く生長します。そのため移植がむずかしく、植木屋は嫌がります。しかし嫌がるようなものを扱えなければ、我々も本物ではありません。そういう樹種を実生《みしょう》から容器で栽培し、ポット苗をつくり、それを、瓦礫を地球資源として築いたマウンドに移植すると、通気がよく根は息をします。こういういのちの森づくりを市民運動として、水俣から世界に発信していただければなあと思います。

石牟礼　水俣から発信したいですね。根が呼吸をしているのに、日本列島をコンクリートで被い、息ができないようにしている。とんでもないことだと思います。

宮脇　私が学生時代、鉄筋コンクリートは永遠にもつと言われていましたが、いま国交省は五十年と言います。管理しても百年です。それに対して「生きた材料」は、個体の交代を通して、次の氷河期が来る時まではもちます。次の氷河期が来ると、人間も、絶滅はしないでしょうが、おそらく千分の一ぐらいに減るでしょう。森も破壊されます。しかしそれまでは保つような、本物の森を水俣にもつくっていただければと思います。思い続ければ実現するものですよ。木を植えるのは大変というけれど、三本植えれば森です。五本植えれば森林じゃないですか。日本語はよくできていまして、三本、五本、植えられないところはありません。足元から植えていったらいい。植えた木は、頭は伐らない。空は無限にある。横枝も伐らない。もしも人間のためなら、道に出ているところだけ横枝を払う。下草も刈ったりしない。

石牟礼　今の水俣の埋立地の土壌がどうなっているのか、チッソも発表しませんし、国も調べようとしません。

宮脇　本来はチッソが責任をもってやるべきですね。

石牟礼　やるべきですよ。ところが、申し合わせたようにだんまりをきめこんでいます。民間で調べようと思っても、まず予算がない。能力がない。そしてジャーナリズムも動かない。でも私はできることからはじめたいと考えています。水俣に自生している木や草を持ってきて植えて、キツネたちの棲家も作りたい。野草や木を植えるには、人手、労力がいります。

地元の人たちに語りかける

石牟礼 それから何よりも、大切なところだという認識を市民が持つ必要があります。現状はあまり目を向けたくないという雰囲気でございます。水俣病にならなかった人たちも、水俣が担ったことは恥だ、患者がおるおかげで、自分たちまで恥をかかなくてはならないと思っています。そういう人たちの気持ちにも配慮して、森づくりの運動を起こさなければなりません。

宮脇 そうでしょう。もう忘れたいと思っている。その気持ちも理解できます。

石牟礼 はい、忘れたいと思っています。しかし、水俣病で亡くなった方や、今なお苦しんでいる方たちのために、鎮魂と癒やしの思いを込めた森をつくらなければなりません。亡くなった方や患者さんは、人間として甦らなければいけません。恥だと感じている住民の皆さんの気持ちを誇りに変えなければなりません。

宮脇　水俣病はこれだけ多くの被害者が出ていながら、聞きますと、認定された人はごくわずかなんでしょう。

石牟礼　はい。諸説ありますが、潜在患者数は三十万人と言われており、水俣病と認定された人は亡くなった方も含めて約三千人ですから、一パーセントです。

宮脇　水俣病を忘れずに、未来につなげなくてはなりませんね。

石牟礼　森づくりで観光地化するのではなく、新しい村おこし、里おこしをしたいです。

宮脇　そう、元に戻すんじゃない、新しいクリエイティブな町、森をつくるという気構えが大事です。

潜在自然植生による森づくりは、原植生に戻すことではなくて、現在のポテンシャルに基づく森づくりです。過去から現在までの何千年にわたる人間の営みによって、あるいは昨日ショベルカーで土壌をひっくり返されて、植生が破壊された場合、そこから今回復しても昔の原始植生に戻るかはわかりません。現在の自然環境の総和によって、土壌条件を整えながら、どういう本物の森をつくれるかということを調べる。そのとき、森を支える三役五役の樹種の選択を取り違えてはだめです。さらに三役五役を支える、できるだけ多くの、おそらく二十〜三十種類の樹木種を自然のように混植、密植すると、すばらしい森ができます。

石牟礼 まず水俣市民に呼びかけたい。呼びかけ人グループの中心に、宮脇先生、なってもらえますか。

宮脇 いやいや、私はよそ者ですから、よろこんで黒子でお手伝いします。大事なことは、本気でやりきってくださること。地元の皆さんの声として、森づくりの活動が起こることです。そして運動を起こす場合、タテ割りではなく、ヨコに連携して組織するのがいいですよ。生物社会では好きなやつだけ集めたりせず、仲の悪いやつといっしょにやると成功するんです。がまんしながら本気でとも。

石牟礼 そう思います。はい。でも立ち上げが大変ですね。

宮脇 最初はみんな引き算しながら考えるものです。いままで一千七百か所で植樹してきましたが、どこでもすぐにパッとできるんじゃなくて、実現までにはいろいろなことがありました。私と森づくりをやった会社は、三菱商事、三井不動産、トヨタ自動車、横浜ゴム、三五、本田技研工業など、みんな世界的な企業です。しかしどの会社も本気にならなければ森づくりは実現しませんでした。

水俣にはいろんな思いの方がいらっしゃると思いますから、事を性急に進めるのはよくありませんね。繰り返しますが、大事なことは、石牟礼さんがご自身の思いを住民の皆さんに伝えて、賛同者が現れるのを待ち、皆さんの声として、自分たちの家族、愛する人たち、すべての人、すべての生きものが、生き延びるための森づくりをしたいという運動が起こることです。

石牟礼　私には、森づくりを通して、水俣病事件とは何であったかを検証し、後世に伝える責任があります。

宮脇　私が一九五八年にドイツに行ったころ、すでに一般のドイツ人も、日本の「ミナマタ」を、甚大な公害、現代文明の破綻の象徴として知っていました。いまなお「ミナマタ」はそういう名前として国際的に知られています。私は、地域固有の文化・芸術・感性を支えるいのちの森をつくることにより、「ミナマタ」が再生していく姿を世界に発信していけたらいいなあと願っています。これは私の願いです。東日本大震災の被災地の方々も、みなさん同じようなことをおっしゃいます。

私はこれまで、トヨタ自動車や三菱自動車、関西電力、本田技研工業などの企業が、人為的に破壊した工場用地の植生の回復でも成功しました。ただチッソのように、悪意ではないだろうけれども、毒を入れて破壊したところの再生例はありません。しかし地元の皆さんが望まれるのならば、ぜひお手伝いしたいと思っておりますし、大変だろうけれど、研究者としての責任として絶対に成功させなければならないと考えています。

それにしても石牟礼さんは、とても頭脳明晰で、四歳、五歳、六歳のときのことを詳細に記憶してお話しになられる。驚きました。

石牟礼 私が幼いころの水俣を記憶していることには、何か深い意味があると思います。きっと水俣を歴史のなかに位置づけたいと思っているからです。水俣をたんなる観光地には絶対にしたくない。

宮脇 そうですね。学びの場、癒しの場にしたいと願っています。

石牟礼　いま東京などから修学旅行団が水俣を訪れるようになっているそうです。

宮脇　ただ見るだけではなく、実体験して学ぶ機会ができるといいと願っています。

石牟礼　一昨日、主人に電話をして、「宮脇先生がいらっしゃる」と話したら、「今までさんざん目立ってやってきたし、もうそろそろからだももたないことだから、あまり過激なこと、目立つことを言うたりしたりせんようにしろ」と言われました。

宮脇　過激なことじゃない、当然のお気持ちだと確信しています。

石牟礼　いや、一般の人から見ればとんでもないことです。

宮脇　石牟礼さんの声が、現実に苦労しておられる地元の方々に伝わるといいですね。森づくりが住民運動として起こると、きっと国や行政も動くだろうし、浄財も集まると思います。私も、樹種の選定や苗作り、土作りでお手伝いさせてもらいます。

おわりに――二人の使命

宮脇　今日は石牟礼さんの思いをうかがって、勉強になりました。石牟礼さんと私は同年輩で、戦前・戦中・戦後を生き延びた数少ない人間です（笑）。お互いの九十年近い人生のノウハウを結集して、石牟礼さんの女性の目と私の男の目で見つめ、後から生まれてくる人たちが、何があっても生き延びられるような、そして豊かな生活を保障できるような森を再生することができればいいなあと思っています。そして毒などかけずに、人間も少しがまんをしながら、次の氷河期が来るまでの九千年間、動物・植物・微生物群と共生できるいのちの環境をつくるお手伝いがしたい。

石牟礼　私が生きているうちに、再生する水俣の方向性を出したいと思いますが、少し心配です。

宮脇　これは石牟礼さんの一世一代の勝負ですから、そう簡単には実現しませんよ。でも石牟礼さんの思いは、きっと住民の皆さんに伝わりますよ。

私の八十五年の人生体験では、思いつづければ、時間的な差はあるかもしれませんが、何とかなるものです。途中でやめてはだめで、思い続けることが大事です。女性は百三十歳まで、男性は百二十歳まで、生物学的には生きる能力をもっています。ただ生物は何もしなければ退化して死にます。私なんか朝から晩まで活動していますが、それが生きていることの、いのちの証です。動いていると大脳も含めて心身が活性化します。お互い仲良く、明日のためにがんばりましょう。

石牟礼　はい、最後のご奉公と思っています。

宮脇　世が世ならいい恋人同士であったかもしれない（笑）。私は本当にこういう方をお嫁にもらいたかったですね。

石牟礼　いや、光栄でございます。

編集後記

「石牟礼さん、今一番お考えのことは何ですか」と尋ねると、「一番気になっていますことは、これから水俣が、〝水俣病の水俣〟というイメージでしか後世の人に見られないのではないかという心配です。私が育った水俣は、『大廻《うまわ》りの塘《とも》』という子どもたちにとって本当に幸せな場所がございました。できれば、その蘇りといいますか、他所から来られた人が、水俣は本当に良か所ですなあといってもらえる場所になればと思います」と。

「つまり『大廻りの塘』の再生ということですか?」

「そうです。私がこんな躰になってしまいましたから、先頭に立ってやることはできませんが、その呼びかけぐらいはさせていただいて、若い方々に是非『大廻りの塘』の再生をしていただきたい。『いのちの森』を作りたいと思います」と。

「石牟礼さん、東日本大震災後の〝緑の防潮堤プロジェクト〟を細川護熙さんと一緒にやっておられる〝森の匠〟宮脇昭さんを存じ上げております。一度お会いになりますか?」

「喜んでおめにかかりたいと思います」と。

石牟礼さんとの上記のような対話の中から本書は誕生した。勿論、世界中をかけ廻ってご多忙この上ない宮脇先生にもご快諾いただいての対談であった。

到着一日目は、午前中、水俣在住の詩人の坂本直充氏に水俣を車でご案内いただいた。そして午後からの対談。二日目は、午後から、と。石牟礼さんのお躰の状態は、二時間が限度なので、約四時間の対話であった。御齢も近いお二人なので初対面にもかかわらず、時間を忘れさせるほど楽しい対話になった。

水俣が「水俣病のミナマタ」のイメージを払拭する日が近いことを祈る次第である。(亮)

著者紹介

●石牟礼道子　（いしむれ・みちこ）

1927年、熊本県天草郡に生れる。詩人。作家。

1969年に公刊された『苦海浄土』は、水俣病事件を描いた作品として注目され、第1回大宅壮一ノンフィクション賞となるが、辞退。1973年マグサイサイ賞、1993年『十六夜橋』で紫式部文学賞、2001年度朝日賞を受賞する。2002年度は『はにかみの国――石牟礼道子全詩集』で芸術選奨文部科学大臣賞を受賞。2002年から、初作品新作能「不知火」が、東京・熊本・水俣で上演される。石牟礼道子の世界を描いた映像作品「海霊の宮」（2006年）、「花の億土へ」（2013年）がある。『石牟礼道子全集　不知火』（全17巻・別巻1）が2004年4月から刊行され、10年の歳月をかけて2014年5月完結する。この間に『石牟礼道子・詩文コレクション』（全7巻）が刊行される。『葭の渚――石牟礼道子自伝』『不知火おとめ』『石牟礼道子全句集　泣きなが原』（俳句四季大賞）他、作品多数。

2016年、『苦海浄土　全三部』刊行。

●宮脇 昭　（みやわき・あきら）

1928年、岡山県川上郡に生れる。植物生態学者。

広島文理科大学生物学科卒業。理学博士。ドイツ国立植生図研究所研究員、横浜国立大学教授、国際生態学会会長等を経て、現在、横浜国立大学名誉教授、公益財団法人地球環境戦略研究機関国際生態学センター 終身名誉センター長。

紫綬褒章、勲二等瑞宝章、第15回ブループラネット賞（地球環境国際賞）、1990年度朝日賞、日経地球環境技術大賞、ゴールデンブルーメ賞（ドイツ）、チュクセン賞（ドイツ）等を受賞。

著書に『日本植生誌』全10巻（至文堂）『植物と人間』（NHKブックス、毎日出版文化賞）『緑環境と植生学』（NTT出版）『明日を植える』（毎日新聞社）『鎮守の森』『木を植えよ！』（新潮社）『瓦礫を活かす「森の防波堤」が命を守る』（学研新書）『「森の長城」が日本を救う！』（河出書房新社）『森の力』（講談社現代新書）『見えないものを見る力』『人類最後の日』（藤原書店）など多数。

水俣《みなまた》の海辺《うみべ》に「いのちの森《もり》」を

2016年 11 月10日　初版第 1 刷発行©

著　者　石牟礼道子
　　　　宮脇　昭

発行者　藤原良雄

発行所　株式会社 藤原書店

〒 162-0041　東京都新宿区早稲田鶴巻町 523
電　話　03（5272）0301
FAX　03（5272）0450
振　替　00160 - 4 - 17013
info@fujiwara-shoten.co.jp

印刷・製本　中央精版印刷

Printed in Japan
ISBN978-4-86578-092-5

未発表処女作を含む初期作品集！

不知火おとめ

（若き日の作品集1945-1947）

石牟礼道子

戦中戦後の時代に翻弄された石牟礼道子の青春。その若き日の未発表の作品がここに初めて公開される。十六歳から二十歳の期間に書かれた未完歌集『虹のくに』、代用教員だった敗戦前後の日々を綴る「錬成所日記」、尊敬する師宛ての手紙、短篇小説・エッセイほかを収録。

口絵四頁

A５上製　二一六頁　**二四〇〇円**
（二〇一四年一一月刊）
◇978-4-89434-996-4

石牟礼道子はいかにして石牟礼道子になったか？

葭《よし》の渚

石牟礼道子自伝

石牟礼道子

無限の生命を生む美しい不知火海と心優しい人々に育まれた幼年期から、農村の崩壊と近代化を目の当たりにする中で、高群逸枝と出会い、水俣病を世界史的事件ととらえ『苦海浄土』を執筆するころまでの記憶をたどる。『熊本日日新聞』大好評連載、待望の単行本化。失われゆくものを見つめながら「近代とは何か」を描き出す白眉の自伝！

四六上製　四〇〇頁　**二二〇〇円**
（二〇一四年一月刊）
◇978-4-89434-940-7

半世紀にわたる全句を収録！

石牟礼道子全句集
泣きなが原

石牟礼道子

詩人であり、作家である石牟礼道子の才能は、短詩型の短歌や俳句の創作にも発揮される。この半世紀に石牟礼道子が創作した全俳句を一挙収録。幻の句集『天』収録！

祈るべき天とおもえど天の病む
さくらさくらわが不知火はひかり凪
毒死列島身悶えしつつ野辺の花

［解説］「一行の力」黒田杏子

B６変上製　二五六頁　**二五〇〇円**
（二〇一五年五月刊）
◇978-4-86578-026-0

絶望の先の〝希望〟

花の億土へ

石牟礼道子

「闇の中に草の小径が見える。その小径の向こうのほうに花が一輪見えている」――東日本大震災を挟む足かけ二年にわたり、石牟礼道子が語り下ろした、解体と創成の時代への渾身のメッセージ。映画『花の億土へ』収録時の全テキストを再構成・編集した決定版。

B６変上製　二四〇頁　**一六〇〇円**
（二〇一四年三月刊）
◇978-4-89434-960-5

〝人間は森の寄生虫〟

見えないものを見る力
（「潜在自然植生」の思想と実践）

宮脇 昭

〝いのちの森づくり〟に生涯を賭ける宮脇昭のエッセンス。「自然が発する微かな情報を、目で見、手でふれ、なめてさわって調べれば、必ずわかるようになる。」「災害に強いのは、土地本来の本物の木です。本物とは、管理しなくても長持ちするものです。」（本文より）

カラー口絵八頁
四六上製　二九六頁　二六〇〇円
（二〇一五年二月刊）
◇978-4-86578-006-2

少年少女への渾身のメッセージ！

人類最後の日
（生き延びるために、自然の再生を）

宮脇 昭

未来を生きる人へ――「死んだ材料を使った技術は、五年で古くなりますが、いのちは四十億年続いているのです。私たちが今、未来に残すことのできるものは、目先の、大切ないのちに対しては紙切れにすぎない、札束や株券だけではないはずです。」（本文より）

カラー口絵四頁
四六上製　二七二頁　二二〇〇円
（二〇一五年二月刊）
◇978-4-86578-007-9

渾身の往復書簡

言魂（ことだま）

石牟礼道子＋多田富雄

免疫学の世界的権威として、生命の本質に迫る仕事の最前線にいた最中、脳梗塞に倒れ、右半身麻痺と構音障害・嚥下障害を背負った多田富雄。水俣の地に踏みとどまりつつ執筆を続け、この世の根源にある苦しみの彼方にほのかな明かりを見つめる石牟礼道子。生命、魂、芸術をめぐって、二人が初めて交わした往復書簡。『環』誌大好評連載。

B6変上製　二一六頁　二二〇〇円
（二〇〇八年六月刊）
◇978-4-89434-632-1

韓国と日本を代表する知の両巨人

詩魂

高銀《コウン》・石牟礼道子

石牟礼「人と人の間だけでなく、草木とも風とも一体感を感じる時があって、そういう時に詩が生まれます」。

高銀「亡くなった漁師たちの魂に、もっと海の神様たちの歌を歌ってくれと言われて、詩人になったような気がします」。

韓国を代表する詩人・高銀と、日本を代表する作家・詩人の石牟礼道子が、魂を交歓させ語り尽くした三日間。

四六変上製　一六〇頁　一六〇〇円
（二〇一五年一月刊）
◇978-4-86578-011-6